異世界村長

佐々宮《ささみや》 椿《つばき》
職業：農民
スキル：農耕
元ベーカリー店員
日下部《くさかべ》 啓介《けいすけ》
職業：村長
スキル：村
元建設業
ラド
兎人の族長
藤堂《とうどう》 桜《さくら》
職業：魔法使い
スキル：水魔法
元専門学校生

南《みなみ》夏希《なつき》
職業：細工師
スキル：細工
元中学生
剣《つるぎ》冬也《とうや》
職業：剣士
スキル：剣術
元中学生
ロア
兎人族長の娘
奏《かなで》秋穂《あきほ》
職業：治癒師
スキル：治癒魔法
元高校生
コスプレイヤー
主な登場人物

Contents

1章　異世界で村長 …………………… 004

2章　椿と桜 …………………………… 023

3章　初めての襲撃 …………………… 055

4章　招かれざる来訪者 ……………… 081

5章　冬也と夏希 ……………………… 098

6章　村周辺の調査 …………………… 123

7章　初めての現地人 ………………… 140

8章　兎人族との生活 ………………… 162

9章　ナナシ村、防衛戦 ……………… 203

10章　春香と秋穂 …………………… 224

11章　街の様子と鍛冶事情 ………… 254

外伝　冬也と夏希の異世界転移 …… 278

異世界村長

七城

イラスト
しあびす

その日、日本中がまばゆい光に包まれた。
なんの予兆もなく、唐突に起こったその現象は、
のちに『集団神隠し』と呼ばれる原因不明の失踪事件となった——。

1章　異世界で村長

季節は初夏、今日は土曜日。久しぶりの2連休となれば、否が応でもテンションが上がる。

俺は朝からパソコンの前に陣取り、お目当てのゲームを起動していた。

「さて、今日もじっくり領土を拡げるか！」

サバイバル系や、歴史シミュレーションが大好物。そんな独身の俺は、今年で40になるおっさんだ。自慢じゃないけど、そこそこの収入があり、小さな庭付きの一軒家も所有している。

趣味といえば、帰宅後や休日にやるゲームだとか、異世界系小説を読みあさることだった。

これでも若い頃は、いつか家庭を持って幸せな生活を――。

「いや、この生活も全然悪くないわ。むしろ良いまである」

職場で愚痴をこぼす既婚者たち。ネガティブなことしか話題に上がらず、その思いを余計に後押しする。

我が家に単身、なんでも自分で決め、自分の都合で動き、好きなようにできる。べつに他人と関わるのが苦手なわけではない。ただ単純に、この気楽な生活が気に入っているのだ。

「さてっと、さっそく始めていきますか！」

最近お気に入りの歴史シミュレーション。じわじわと領地を拡げながら、国力を徐々に高めていく。焦《あせ》らずじっくりやるのが俺のスタンダードだ。

「やっぱ、初期の基盤整備が肝心なんだよなぁ」

それからしばらく没頭していると、気がつけばもう正午を回っていた。まあこれはいつものこと。幸せな時間はあっという間に過ぎてしまう。職場にいるときとは真逆だ。

「あ……腹減ったな」

ふと思いたち、なにか作ろうかと冷蔵庫で物色を始めたときだった――。

冷蔵庫の扉を開けた瞬間、部屋全体が真っ白に見えるほど強烈な光に包まれる。

「え？　何これヤバくない？」

突然の出来事に混乱して、その場から一歩も動けずに固まっていた。体感にして5秒ほどだろうか、すぐに光は収まり、目の前に広がった光景は――――。

それまでと何も変わらず、冷蔵庫の中身が見えているだけだった。

突然の非日常的な出来事に、冷蔵庫が爆発したとか、自分の体に異変があったのかと思った。ハッとして部屋を見渡すが……とくに壊れているものはなく、自分の体調にもなんら変化を感じない。

だが目の前を見て、一つだけ変化に気づく。

「あ、冷蔵庫の電気が切れてる。さっきので停電したのか?」

そう思って確認してみるが、ブレーカーが落ちているわけでもなさそうだった。

「あちゃー、冷蔵庫、壊れちゃったかな。結構長いこと使ってたもんなぁ……」

テンションを下げつつ、他の家電も一応確認するが、どれも電源が点いていない。炊飯器も換気扇もダメ。ひょっとすると、近くの電線が断線したのかもしれない。

念のため他も確認してみようと思い、居間に行ってゲーム中だったパソコンを覗くと——、これは普通に表示されていたので安心した。のだが……。

「あれ?」

違和感を覚えてよく見てみると、パソコン本体の電源は切れている。モニターにも電源は来ていない。でも、画面は映っているのだ。

自分のものと思われるステータスが——。

啓介《けいすけ》Lv1　職業：村長　(村名なし)村
ユニークスキル　村Lv1　(0/5)：『村長権限』村への侵入・居住と追放の許可権限を持つ。
※村人を対象に、忠誠度の値を任意で設定し、自動で侵入・追放可能。

ずいぶんとシンプルな表示内容だが、明らかにステータスだと思われる項目が並んでいる。

しかもそこには、自分の名前もしっかりと表示されていた。

「おい、これって……」

まさかそんなこと、なんて思いながらも、庭が一望できるガラス戸のカーテンを開けると、
そこには、今までと変わらない庭が見えている。だがその先には――、見たこともない森林が辺り一面に広がっていたのだ。

「あ、異世界来ちゃったわコレ。しかも自宅まるごと転移のやつ」

目の前が真っ白に光ったら、なんと異世界に来ていました。

「なにを馬鹿な」と自分でも思うが……今まさに、現実として起こってしまった。

これまであまたの異世界小説を読み込んできた。「こういうこともあったらいいな」と、日々妄想を繰り返した。そのおかげもあってか、かなり冷静でいられている。もし何も知らない人が突然こんなことになったら……さぞパニックになっていただろう。

「よし落ち着け。まずは家中の施錠確認からだ」

危険な魔物や人を襲う生き物。もしそんなのが存在するとしたら、施錠なんかしたところで意味はないのだろう。扉ごと破壊されて侵入してくるはずだ。けど、気休め程度にはなる。

「まあいい、とりあえず、この状況を整理しよう」

家中のドアや窓を施錠し、カーテンなんかも閉めながら思考を巡らせていく。
・ここは本当に異世界なのか
・神や女神、管理者的な存在はいるのか
・転移したのは自分だけなのか
・現地人はいるのか、意思疎通できるのか
・危険な魔物や動物は存在するのか
・水と食料の確保は可能なのか
・ライフラインや家電は利用できるのか
・PCに表示されているステータスとスキルは何を意味するのか
考える順番はさておき、まずはそれぞれの現状を整理してみることに——。

【ここは本当に異世界なのか】

家の外に見える森だが、日本に住んでいるときには、周辺に森なんてなかった。それとモニターに映っているステータス、絶対にとは言わないが……まあ異世界だとは思う。

【神やら女神やらの存在】

転移前に起こった出来事といえば、強烈な光が発生したこと以外はとくに思い当たらない。

むろん、超常の何かと接触した記憶もない。なので現状、この世界に来た目的もわからないし、帰還できるのかも不明だ。

【他の転移者の存在】

不明だが十分可能性はある、と同時にこの存在が一番危険だと思われる。日本で見慣れた建物があれば、干渉する者がいて当然だろう。最悪、襲われて奪われる。

【現地人や魔物、水や食料について】

ある程度、周辺の探索をしなければ何もわからない。まずは家の備蓄とステータス関連の確認。探索はそのあとにしよう。

【ライフラインや家電について】

水道、電気、ガスは使えなかった。当然、電化製品も機能していない。部屋の柱を鍋で思い切り叩いてみたが、柱も鍋にも傷が付いた。残念ながら、破壊不能の家に守られて無双、なんて展開ではないらしい。

水と食料の備蓄については、節約すれば一月程度は粘れそうで、火を使った調理ができれば、食料はもう少し保ちそうだった。

【ステータスとスキル】

啓介Lv1　職業：村長　（村名なし）村
ユニークスキル　村Lv1（0／5）：『村長権限』村への侵入・居住と追放の許可権限を持つ。
※村人を対象に、忠誠度の数値を任意で設定し、自動で侵入・追放可能。

モニターに表示されている情報を、上から順に確認していく。

まずは名称欄、なぜか苗字は省略されて、名前のみが表記されている。そして職業欄、『村長』というのが職業なのかは微妙なところだけれど、そこはひとまず置いておこう。

（家ごと転移したから村長なのか、村長だから家も付いてきたのか。神のみぞ知るってやつだな。まあ、神がこの世界にいるのか知らんが……）

などと考えつつ、視線を隣の文字に移す。きっと村の名称欄なのだろう。今は（村名なし）となっているけど、名前の入力ができるかもしれない。そう思ってモニターに触れてみた。

「あ……」

表示されている画面が、プツンと音を立てて消えてしまう。

「やっちまった」と一瞬あせるが……。もう一度モニターに触れると再び画面が表示された。記載された内容も、さっきまでと同じものだ。

どうやらモニターに触れることで、ＯＮとＯＦＦができる仕様らしい。異世界ものによくあるやつで、タッチすることで詳細が見えたり、解説が出てくる機能は付いてないようだ。

村の名前はひとまず後回しにして、現在のレベルとスキルに注視してみる。

初期レベルは1。よくある展開なら、魔物を倒したり、修練をすることで上がっていくのかもしれない。正直、生き物を殺すとか不安しかない。人型の魔物とか、場合によっては人間を……果たしてやれるだろうか。

（やらなきゃ自分が死ぬだけか……）

レベルはあるが、『HP』や『力』なんかの項目はない。魔力とか魔法はどうなんだろうか。水魔法なんかが初期からあるとかなり便利なんだが……ないものねだりをしてもしかたがない。

ちなみに、体内にある魔力を感じるだとか、魔法はイメージだとか、いろんなゲームの呪文を手当たり次第に詠唱してみたが、なに一つ反応しなかった。魔法関連については、余裕ができてから試行錯誤していこう。

そして最後にこのスキルだ。ユニークと付いているくらいだから、通常とは異なる特別な能力だと思う。このスキル次第で、今後の生存率が大きく変わってくるはずだ。

ユニークスキル　村Lv１（０／５）：『村長権限』村への侵入・居住と追放の許可権限を持つ。
※村人を対象に、忠誠度の数値を任意で設定し、自動で侵入・追放可能。

まずはスキルの名称について、『村Lv1』と表示されている。

何かの条件か熟練度により、スキルレベルが上昇していくと思われる。

括弧の中にある数値が、スキルの熟練度を表している感じか。スキルレベルの上昇に伴い、新たな能力や効果が解放されるのかもしれない。

次に『村長権限』という能力、侵入と追放の許可権限を持つとあるので、村の中と外を隔《へだ》てる『何か』が存在する可能性が高い。居住の許可ってのはよくわからなかった。

忠誠うんぬんに関しては、そもそも村人がいないので確認できないが……。忠誠度の確認方法と、忠誠度を上げる方法は、なるべく早い段階で把握しておきたいところだ。

「ふぅ、あとは家の外へ出てみないとだな」

現状で予想できるのはこの程度だろう。一息ついたところで、腹が減っていたのを思い出した。こんな状況になっても、普通に食欲はあるんだな、と素直に感心する。

「とりあえず、すぐダメになりそうな物から節約して食べとこ」

日が暮れるまでには外の状況を確認したい。賞味期限の近そうなパンと牛乳で、さっさと腹を満たした。

現在の時刻は16時、ここの日照時間はわからないが、ガラス戸から見える外はまだ明るい。

(さて少し……めちゃくちゃ怖いが、外の状況を確認しよう)

ひとまず庭にある物置へ向かうことに――。何も持たないのは怖いので、物置から長さ1メートルくらいのバールを持ち出した。

じっくりと20分くらい時間をかけて、家の敷地だったと思われる範囲を一周した結果、3つの発見があった。
1. 道路や隣の家との境界。そこにあったはずのブロック塀がなくなっていた。
2. 敷地の周囲はすべて森に囲まれ、植物は地球と似たような感じに見えた。
3. 歩測なので適当だが、家の中心から周囲に向かって半径10メートル、高さも同じくらいの、半球型で半透明な膜があった。目を凝らすと少しだけ青白く見える感じだ。
この膜を便宜上『結界』と呼ぶことにする。家を起点として張られていることから、この結界の中が『村』という扱いなのだろう。

(随分と小さい村だけどな……)

たぶんこの結界の内と外が、侵入や追放の境界線になっているはず。問題となるのは結界の強度や耐久力。そして常時発動しているのか、地中にも効果があるのかだ。

試しに地面を掘ってみると、結界はそのまま地中へと伸びている。あまり深くは掘ってないが……地中も含め、家を中心とした球形になっている、のかもしれない。

あと、強度や耐久力に関してはまったくわからなかった。バールで結界を突いてみたが、何の抵抗もなく、あっさり素通りしてしまった。結界の外に少しだけ身を乗り出し、外から小石を投げてみても結果は同じ、敷地内へとすり抜けていった。

（えぇ……ものすごく不安なんだが……）

こんなので外敵の侵入を防いでくれるのだろうか。ほかのことはさておいても、早く何らかの確証が欲しい。


それからしばらくの間、思いつく限りの検証をしているうちに、段々とあたりが薄暗くなってきた。結界の効力に不安はぬぐえないが、ないよりはマシだと結論づけ、家に戻ろうと歩き出したときだった――。

「……あの、すみません」

背後の森から、女性らしき声が聞こえてくる。

声に驚いて振り返ると――、結界を挟んだ目の前に、2人の女性が立っていた。

1人は20代前半に見え、襟付きの白いシャツと黒いズボンにエプロン姿、洒落たカフェの店員さん風の格好をしていた。もう1人は高校生くらいだろうか。私服姿で、結構大きめなエコ

バッグを肩に掛けている。

どう見ても同じ日本人に見えたし、言葉も日本語に聞こえた。異世界翻訳スキルの可能性もあるが……その風貌は典型的な日本人に見える。

2人とも、服や顔に土汚れは目立つも、顔立ちはとても良い。控えめに言っても美人だった。

ほかの転移者の存在は想定していたが、突然の問いかけにどう対応していいか迷っていると
──、店員風の格好をした女性が声を発した。

「私は佐々木《ささみや》　椿《つばき》と言います。こちらの女性は藤堂《とうどう》　桜《さくら》さんです」

佐々宮さんの名乗りに続いて、もう一人の子も頭を下げる。

「突然何を言い出すんだと思うかもしれませんが……、どうか話を聞いてください」

こちらも名乗るべきとは思ったが、何があるかわからない。とりあえず警戒すべきと判断し、頷く素振りだけで続きを促した。

「わたしたち、今日のお昼頃に突然、ものすごい光で目の前が真っ白に──。次の瞬間にはこの森の中にいまして……」

(俺とほとんど同じ状況だな)

そこで言葉を区切る彼女に対して、私はまた頷いて返す。

「ここがどこなのか教えていただけませんか。それと………どうかお願いします。今晩、こ

ちらに泊めていただけないでしょうか」

突然わけのわからない場所に来て、森をさまよった挙句、やっと同じ日本人を見つけた。そこに家があれば、頼るのも当たり前か。

(だが、すんなり受け入れても大丈夫だろうか)

2人とも疲れ切った顔をしている。演技をしているようには見えないし、いきなりこちらが襲われる可能性は低いと思う。なんとしてもこの機会に、村スキルの侵入と追放の効果を確認しておきたい。

何かの罠という可能性もあるけど、リスクを考えだしたらキリがない。スキルの確認を最優先すべきと2人を受け入れることにした。

「わかりました。お泊めします」

「っ、ありがとうございます!」

「ただし、こちらも少しばかり条件、というかお願いがあります」

「条件……ですか?」

私の返答に対し、女性は酷く動揺しているように見える。

(うん。異性から、しかもおっさんからの交換条件だ。いろいろ警戒するのは当然だよね……)

確かに美人だし、私自身もそっちが枯れているわけではない。ないんだが……今はそれどころではない。

「条件と言っても、決していかがわしいお願いではありません。泊める代わりに、いくつか私の指示に従ってほしいのです」

「……指示、ですか」

(まだ疑っているようだ。どんな指示かもわからないもんな)

「無理強いはしません。指示の内容に不満があれば断ってもいいです。ただその場合は――、申し訳ないですがお泊めすることはできません」

問いかけてきた女性が、もう1人の女の子と視線を合わせて頷きあった。

「わかりました。指示に従いますので、泊めていただけますか」

どうやら交渉には応じてくれるようだ。

「ではこちらに来てください。って、目の前にある薄い膜みたいなもの、見えてますよね？」

「はい。実はここに来てからずっと気になっていました……」

自分以外にも、普通にこの結界が見えていると判明。

(あとは勝手に入れるかだが……)

そう思案しながら女性たちに答える。

「そうですか。ではゆっくりと、その膜に触れてみてください」

私の指示どおり、恐る恐る指先で触れた2人は……結界に遮《さえぎ》られるように指が止まっていた。

「……」

今度は手のひらで強く押したのだが、結界はビクともしない。

「何か、固い壁でもあるみたいな感じで……ダメです。そちらへ行けません」

どうやら侵入はできないみたい。こうなると次の問題は、どうやったら許可を出せるかだ。

いきなり声に出して「侵入を許可する！」などと言って、何も起きないのは恥ずかしい。そんなくだらない考えを巡らせ、彼女たちを見ながら、頭の中で侵入の許可を念じてみる。

「もう一度触れてみてください」

「「あっ」」

伸ばされた2人の指先は――、見事に結界を貫通していた。

そのまま中へ進むように伝えると、2人は少し戸惑いながらも、結界の中まで入ってくる。

無事に入れたことに安堵の表情を見せていた。

(さて、この2人を受け入れたわけだが……万が一もあるし、追放できるのかも確認しておきたいな)

ただ、何も言わずにいきなりやると、あとあとシコリを残しそうな気がする。そう考え、事前確認を取っておく。

「今から言うことは、指示ではなくお願いなんですけど」

「はい、なんでしょうか……」

「信じてもらえるかわかりませんが、私には、自分の所有地にいる他人を、自由に追放する能力があるようなんです」

「え……？」

女性の反応を無視してそのまま続ける。

「まだ一度も使ったことがないので、どうしても今、確認しておきたいのです」

「……それは危険なことですか？」

「正直わかりません。なのでお願い、という言い方をしています。――もしいやなら断っても構いません。その場合もお泊めしますので安心してください」

女性が思案していると、今までずっと黙っていたもう1人の女の子が話しかけてきた。

「大丈夫です。私で試してください」

「えっ、ちょっと待って。危険かもしれないのよ」

「いいんです。私たちは助けてもらう立場ですから」

心配して声をかけた女性にそう答えた女の子は、こちらをしっかりと見て言い切った。女性のほうも自分の置かれた立場上、それ以上何か言うことはない。ちょっと酷いことをしている気分になるが、背に腹は代えられない。

「ありがとうございます。たぶんですが、今から一時的に、この膜の外に出されると思います」

「はい、わかりました」

この子が了承した意図はわからないが、それを聞いて話が拗れても困る。気が変わらないうちに、さっさと追放を念じる——。

するとどうだろう。念じた瞬間、目の前から女の子が消えたのだ。そして、転移前には自宅の門があった場所、その結界の外に立っていた。

(良かった、とりあえず成功したぞ)

無事に追放の能力を発動できたようだ。女の子にも見たところ異常はない。私はすぐに侵入の許可を念じて、中へ入ってくるように言った。

「藤堂さん、協力いただきありがとうございます。確認は終わりました。まだお2人にお願いしたいことはありますが……、今日のところはゆっくり休んでください」

彼女らと向き合ったところで、今度はしっかりと名乗りを上げる。

「それと、名乗りもせずに申し訳ない。私は日下部《くさかべ》啓介《けいすけ》と言います。どうぞ家に上がってください」

そう言われた2人は、幾分ほっとした様子でついてきた。

部屋に案内する頃には日も沈みかけ、外はだいぶ暗くなっていた。

電灯も点かないので、部屋の中は妙に薄暗い。そんな状況の中、３人はリビングにあるテーブルに向かい合って座っている。

当然食事もまだだろうと思い、食パンの残りや、冷蔵庫にある適当なものを出してみた。疲れと不安からか、ペースは遅いがちゃんと食べているようだ。どんな状況だろうと、やっぱりお腹は空くよね。

本当は、もっと詳しい事情を聴いたり、ある程度の情報共有をしたかった。が、どう見ても疲労困憊な様子。今日はもう休ませることに。

来客用の布団を用意して、そのままリビングで寝てもらう。服も汚れていたので、使い古しでよければと、Ｔシャツを２枚渡しておく。

(はぁ、俺も疲れた……。考えなきゃいけないことは山ほどあるけど、今日はもう限界だ。さっさと寝よう)

突然の異世界転移や今後への不安、一日中考えっぱなしで頭がパンクしそうだった。

とにかく安全を確保すること、そして死なないこと。今はそれだけを優先しよう。そう思いながら寝床に入って目をとじた。

2章　椿と桜

異世界生活2日目

朝の6時、昨夜眠りについたあとは何事もなく、魔物の襲撃やら、緊張で眠れないなんてこともなかった。今朝は目覚めも良く、体調も良好である。

「おはよう」

「「おはようございます」」

私がリビングに行くと2人はもう起きていて、割と楽しげに会話をしているようだった。昨日に比べたら、かなり落ち着いた表情をしている。きっと、見慣れた日本の家に安心したんだろう。

「とりあえず朝食にしようか。シリアルとか生野菜くらいしか出せないけど、いいよね？」

「ありがとうございます」

「いただきます」

思えば、親からこの家を引き継いで以降、うちに女性が泊まって一緒に朝食を、なんてことは初めてだ。こんな状況じゃなければ、さぞ楽しい一日となっただろう。

（いや逆か。こんな状況だからこそ私の好き放題……。やめよう、絶対ロクなことにならない）

気をとり直して2人に話しかける。

「食べたあとでいいんだけど、2人がここに来るまでの経緯とかいろいろ聞きたい。それと口調も、こんな感じで普段どおりにしてもいいかな。2人もなるべく気楽に頼むよ」

「あ、はい。わかりました」

「じゃあ、私もそうしますね」

軽く食事を済ませたあとは、そのままリビングで話すことに。

「まずは改めて自己紹介を。私は日下部　啓介、歳は40で独り身、日本では建設関係の仕事をしていた」

「私は佐々宮　椿と言います。ベーカリーのお店で働いています。歳は24です」

佐々宮さんは24歳か、カフェじゃなくパン屋さんだったんだな。言葉使いは丁寧だけど、堅苦しい感じではない。

「私は藤堂　桜です。今年で19になります。私も日本では専門学校に通ってました」

おっと、カマをかけて「日本では」とか「仕事をしていた」とか言ってみたんだが、藤堂さんのほうはどうもこの状況を把握している節がある。わざとなのか素なのかは判断できないが……、ひとまずそのあたりから聞いてみるか。

「ありがとう。ところで藤堂さんはもしかして、この世界がどこなのか知ってたりする？」

私がそう聞くと、佐々宮さんも藤堂さんのほうに視線を移した。

「あの、やっぱりここって異世界ですよね？　そして、日下部さんはスキルとか異能みたいなのを持っているんですよねっ」

藤堂さんは少し興奮気味に答えた。どうやら私と同類のようだ。

「アレかな、藤堂さんも異世界ものが大好物だったり？」

「っ、そうなんですよっ。突然の光から見知らぬ森へ転移とか……、異世界系の定番ですよね！」

なんか、昨日初めて見たときの印象と全然違う。前のめりになって話す藤堂さんに驚いていると、蚊帳の外だった佐々宮さんが困惑した様子で聞いてきた。

「い、異世界とか転移とか、いったいどういうことなんでしょうか」

佐々宮さんはこの手の話に趣《おもむき》がないようで、わけがわからないようだ。

「えっとですね。日本の小説で、異世界を題材とするジャンルがあるんですよ。結構人気があって、最近ではアニメ化も異世界系がかなり多くなっているんですが、ご存じないですか」

と、早口で捲し立てる藤堂さん。

「あ、そういうものが流行っているのは知ってます。読んだことや見たことはあまりないですが……」

やはり佐々宮さん、異世界知識には疎《うと》いらしい。そもそも異世界知識ってなんだよ、という話だが――。

「ただ私、なんでここが異世界で、日本から転移したとわかるのかなって、疑問に思っただけです。すみません……」

「ああ、大丈夫だよ。異世界小説の展開とよく似ている、ってだけだから」

「そうなんですか」

納得はできてないだろうが、ひとまず話を進める。

「それでスキルなんだけど、私はたしかに持っている。昨日見た薄い膜、私はあれを『結界』と呼んでいる。ほかにも藤堂さんを追放したやつ、あれもその一つだよ」

「なるほど、やはりそうですか」

藤堂さんは、私の話を聞いてウンウンと頷いていた。

「ところでさ。藤堂さんはあのとき、どうしてすぐにお願いを聞いてくれたの？」

「あ、それはですね。日下部さんが非常に警戒されていたので……。あの状況で断ったりすると、最悪追い出されると感じまして」

「なるほど。悪いけど、あのときはかなり困惑してたんだ。いやな思いをさせてごめんね」

「いえ、あの状況では当然の判断です。立場が逆なら私もそうします」

しかし藤堂さん、いろいろと察しがいいな。これは良い意味で、こういう展開に理解がありそうだ。

「さて――。今から私が、2人に会う前までの状況を説明する。何か違いがあったら教えてほしい」

「「はい」」

あの謎の光から2人に会うまでの状況を、なるべく詳しく説明していった。とは言っても、突然すぎてわけがわからないんだけどね。

「どうだろう、何か違う点はあるかな?」

「そうですね、私も同じ感じで森の中にいました」

まずは佐々宮さんだ。

「お店にいたときはお客さんや同僚がいましたが、次の瞬間には、私以外誰もおらず、お店もありませんでした。最初は怖くて動けなかったのですが、少しすると藤堂さんが来て声をかけてくれて……そこからは、2人でずっと森の中をさまよっていました」

ふむ、最初から2人でいたわけじゃないようだ。ほかの日本人は誰も見ていないと付け加えていた。

「あと、ここへ来る途中に川を見ました。川幅は3メートルくらいでしょうか、深さは膝上くらいだと思います」

「なるほど、また何か思い出したら、何でもいいので教えてください」

「はい、わかりました」

お店の同僚やお客さんは転移してないのか。それとも別の場所に飛ばされたのか。佐々宮さんだけが転移した可能性もあるけど、まだ全然わからないことだらけだ。

（でも、近くに川があるのは朗報だな。なるべく安全に行ける手段を考えねば……）

「じゃあ、次は私の番ですね！」

今度は藤堂さんが話し始める。

「私の場合、転移する直前は、自宅近くの本屋にいました。清算が終わって店の外に出ようとしたとき、あたりが光ったと思ったら、森の中で1人でした」

なるほど、3人とも、あの光が転移の発動条件だと思われる。

「最初はすごく驚きましたが、すぐに異世界転移が頭に浮かびましたね。当然、ステータスの確認とか、呪文なんかの詠唱も試しました」

（いや、当然とか言っちゃうんだね。まあ私も同じことしたもんな。気持ちは痛いほどわかります）

「結局、ステータスの確認はできませんでしたが――、一つだけ魔法が使えました」

「え!?」

と、佐々宮さんが声を出して驚いていた。魔法が使えることを佐々宮さんに隠していたのだろう。不用意な行動や発言は身を亡ぼすから、全然アリの選択だと思う。

「どんな魔法なのか教えてくれないかな」

「もちろんです。私も、言える範囲でいいので、日下部さんの能力を教えてほしいです」

「わかっている範囲で良ければ答えるよ」

「ありがとうございます。私が使えたのは水魔法です。もう少し詳しく言うと、手のひらの先から、水道の蛇口程度の水が出る魔法です」

「おおぅ、それはすごいね」

人間が生きていくには水が絶対に必要。これは是非とも引き入れたい人材だ。ちなみにその水は普通に飲めるらしい。どれくらいの量まで出せるかは、まだ試していないとのこと。

「ほかには何かあるかな」

「そうですね。佐々宮さんが1人だったのを確認してから合流して……あとはとくに気づいたことはありませんでした」

ほかの転移者の可能性を考慮しているあたり、さすが藤堂さんだ。

「あ、そうだ。ここに来るまで、魔物の姿は一度も見ませんでしたね」

「あの、私もそういうのは見ていません」

この世界、もしくはこの森には、魔物がいない可能性もあるのか？　動物までいないのだとしたら食料の問題が出てくるけど……。

「さて、ここに至るまでの情報共有はこれくらいかな。あとは、今後2人がどうするつもりなのかを聞きたいんだけど――」

正直、この2人をこの村へ引き込みたい。人が増えればリスクも増える。けれど、それを言い出したらキリがない。自分なりに見極めるしかないのだ。

生活に必要な水魔法持ちの藤堂さん。佐々宮さんにも何か能力があるかもしれない。何より1人での行動には限界がある。そう思っていると藤堂さんが問いかけてきた。

「その前に私からも質問していいですか」

「ああ、もちろんだよ」

「スキルについて教えてほしいってのもあるのですが、そもそも日下部さんは、どうやって自分のスキルを把握することができたんですか？」

そうだった。まだ私のスキルの話をしていなかった。急な水魔法使いの出現に興奮していたようだ。

「ああ、それはステータス画面を見てさ。スキルとその効果を知ることができたんだよ」

「えっ、ステータス画面って何ですか!?　どうやって見るのか教えてください！」

（どうやってと言われても、普通にパソコン画面を見ただけなんだが……）

「あ、見られるかもしれない」

自分のものしか見られないんだと思い込んでいた。試してみる価値は十分にある。

「2人とも、隣の部屋に移動するからついてきて」

そう話し掛けながら、隣にある居間に向かって歩き出した。


居間に設置してあるパソコン画面の前に立つ。ちなみに、今はまだ何も映っていない。自分のを見せる前に、2人のステータスを確認するか迷ったが、やめることにした。

「モニターに触れるとステータスが映し出されるんだ。自分以外で試したことはないけどね」

2人にそう説明してモニターに触れる。

啓介Lv1　職業：村長　（村名なし）村
ユニークスキル　村Lv1（0／5）：『村長権限』村への侵入・居住と追放の許可権限を持つ。
※村人を対象に、忠誠度の値を任意で設定し、自動で侵入・追放可能。

昨日見たものと何ら変化はないようだ。

「2人には、画面に映っている内容が見えてるかな？」

「はい見えてます。『村長権限』、この能力はすごいですね……。気になるとしたら結界の強度でしょうか。あとは忠誠度の把握さえできれば、敵意のある人や反抗的な人を、安全に弾くことができそう……すごい」

（ひと目見ただけなのに、そこまでわかっちゃうんだね……）

藤堂さんが有能すぎて少し怖い。そう思っていると、

「じゃあ次は私が試してみますね」

ゴクリと息をのんだ藤堂さんは、緊張の面持ちで画面に触れた。

桜Lv１　職業：魔法使い
スキル　水魔法Lv１：念じることでＭＰを消費して水を出すことができる。飲用可能。

どうやら無事に表示されたようだ。私にも佐々宮さんにも、しっかりと見えている。

魔法もスキルの一つに分類されており、鍛えれば強化されていきそうな気がする。

スキルの説明文には、『念じることで』とある。私のスキルもそうだったし、この世界のスキル発動は、基本念じるだけでいいのかもしれない。

私の隣で画面を凝視していた藤堂さんは、しばらくしてウンウンと頷きながら話し出した。

「なるほど、私は魔法使いですか。敵に対処できる能力ではないけど、サバイバルみたいなこの状況下では十分チートですね」

「スキルレベルもあるし、成長すれば攻撃手段も生まれてくるんじゃないかな」

「そうですね、早く検証したいです！」

そんな会話をしていると、

「日下部さん、私を村人にしてください。なんでも協力します。……ただ、卑猥《ひわい》なことはお互い同意のうえでお願いしますね？」

（え、なんだって？）

いきなり村人になりたいと申し出てきた。とんでもない言葉を付け加えて……。

「いやいや、そんなことしないから。少なくとも、環境が万全の状態になるまではありえないよ。もちろん、協力については私からもお願いしたい」

「ありがとうございます。では早速」

村人にする方法がわからないので、とりあえず藤堂さんを見て「村に受け入れる」と念じてみる。

「どうかな。受け入れを念じてみたけど、何か変化したかな」

「いえ、とくに何も。私のステータス画面も変化はないですね」

2人で思案していると、今まで静かに聞いていた佐々宮さんが、

「居住の許可、じゃないでしょうか。村長権限の説明文にも、居住と書いてありましたし」

「なるほど、やってみるね」

「あっ、それと、私もここに住まわせていただけませんか。私もできる限り協力します。ですが、あ、アレについてはちょっと……」

（………）

「あえて何もツッコミませんが、わかっています。協力してくれて助かります」

気を取り直し、2人に居住の許可を念じてみる。

『ユニークスキルの解放条件【初めての村人】を達成しました』

『能力が解放されました』

『敷地の拡張が可能になりました』

「うおっ、なんだこれ!?」

念じた瞬間、頭の中に電子音のような声が響く。なんとなく女性っぽい感じだったけど、聞

いたこともない声色だ。

「どうしたんですか？」

「いや、突然頭の中に声が聞こえたんだ」

「ほー、脳内アナウンスとは気がきく世界ですね。わかりやすくていいです！」

「順応が早いね藤堂さん。とりあえず村人になれたか先に確認しよう」

藤堂さんは至って平然と受け入れている。一方、佐々宮さんはポカンとしていた。

「ステータスが変化しています。どうやら無事村人になれたようです」

3人で藤堂さんのステータス画面を確認してみる。

桜Lv1　村人：忠誠92　職業：魔法使い
スキル　水魔法Lv1：念じることでMPを消費して水を出すことができる。飲用可能。

名前の下に、村人の表記と忠誠値が新たに増えていた。この数値が高いのか低いのかは不明のままだ。

「忠誠値92ですか――。うんうん、これなら絶対に裏切らない証明になりますね」

「んー、たしかに高そうな数値だけど、絶対とは言えないかな」

「うん？　詳細を見たら、そう信じてもらえると思うんですけど？」

「詳細って何のこと？　そんなの見えてるの？」

藤堂さんには画面の内容が違って見えているのだろうか。何のことだか全然わからない。

「えっと、忠誠値の箇所をしっかり意識して見てください。詳細が映し出されるイメージです」

言われたとおりにしてみると――、忠誠値のすぐ横に詳細画面が新たに表示された。

（こんな機能があったのか。そういえば最初に画面を見たとき、タッチ入力できないかは試したけど、凝視する的なのは試さなかったわ……）

どこまでも有能な藤堂さんに感謝して、その詳細を確認してみる。

【忠誠値】下限は０　上限は99
※忠誠値は様々な要因により上下変動する。
90〜99　村長に絶対の心服を置いている状態
70〜89　村長にかなり高い信頼を置いている状態
50〜69　村長にある程度の信頼を置いている状態
30〜49　村長に信頼を置いていない状態
10〜29　村長にかなりの不信を持っている状態

0～9　村長に殺意を持っている状態

なるほど、こうしてみると、確かに藤堂さんの92は高い、というか高すぎる。そして9以下ヤバすぎ。絶対に村へ入れたくない。

「見えたよ。教えてくれてありがとう」

「いえいえ、私も正直ほっとしてます」

「それじゃあ次に、佐々宮さんのステータスを確認してみようか」

少し不安げな佐々宮さん、たぶん自分の忠誠値が気になるんだろう。

「……わかりました。やってみますね」

意を決した様子で画面に触れる佐々宮さんだったが……。

椿Lv1　村人：忠誠65　職業：農民
スキル　農耕Lv1：土地を容易に耕すことができる。

画面に映し出された内容を見て、申し訳なさそうにしていた。

「あの……すいません」

（忠誠度65、これだけあればとくに問題ないんだが、藤堂さんのあとだからな……）

「佐々宮さん、何も気にすることはありません。むしろこの数値でも高すぎるくらいですよ」

「そうですか……」

全然フォローになってなかった。場に微妙な空気が漂うなか、藤堂さんが加勢してくれる。

「たしかに、この数値は十分に高いと思いますね。何せこれは、日下部さんに感じた人柄に対するものだけですから」

（……あ、なるほど。そういうことか）

「私と佐々宮さんとの差は、本来そこまではないと思います。決定的な違いは、日下部さんの持っているスキルの有能性を、正しく認識しているかどうかです」

「……？」

まだよくわかっていない佐々宮さんに、藤堂さんが続ける。

「森で獣に生きたまま食い殺されたり」

「一息つく場所もなく、夜も外敵に怯えながら眠ることもできず」

「食べるものがなく餓えて死んでしまう」

「そして魔物や他の転移者に犯され殺される」

佐々宮さんは、急に恐ろしいことを言われて動揺している。

「すぐに思いつくだけでも、これだけ死に直結した危険がありますが、この村の中にいれば、日下部さんのもとにいれば、かなりの確率で回避できますよね？」

「たしかに、その通りよね。そこまで思い至らなかった……」

「ちょっとキツい言い方をしてごめんなさい。でもほら、ステータスを見てください」

「あっ」

佐々宮さんの忠誠度が65から70に上がっていた。

「異世界に関する認識の差が出てるだけで、２人に大きな違いはありません。これから話し合っていけばまだまだ上がりますよっ」

「桜さん、ありがとう」

納得できたからなのか、忠誠度が上がったからなのか、気を取り直した様子に安心した。

「それじゃ、本題に入ろうか」

落ち着いたところでステータス画面に視線を戻す。

椿　Lv１　村人：忠誠70　職業：農民
スキル　農耕Lv１：土地を容易に耕すことができる。

「農民という職業は、どの程度役に立つんでしょうか」

「そうだね。この村にとっての生命線になるんじゃないかと思ってるよ」

「生命線……そんなになにですか？」

「今現在、この村には結界があって、外敵の侵入リスクが低いよね」

「はい、かなり安心できます」

「さらに、藤堂さんの水魔法があるので飲み水の心配はない。そうすると、差し当たって危惧すべきは食料問題となる」

「そうですね」

「周辺に動物がいれば肉が手に入るけど、上手く捕獲できるかわからない。ということで、農作物を栽培するのに、農民のスキルは絶対生きてくると思う」

野菜は庭にある家庭菜園で、きゅうり、トマト、ジャガイモ、たまねぎ、サツマイモを育てている。秋蒔き用のレタス種もあったと思う。

「でも、スキルを見る限り、耕すだけのようですが、大丈夫でしょうか」

「説明文に『容易に耕す』ってある。試してみないとだけど、地面が簡単に掘れるなら、それだけでもすごいよ」

「そう都合良くいくでしょうか」

「まあそこはあとで試してみようよ」

「わかりました」

実際にやってみて対処を考えよう。こういうことは前向きにいきたい。

「あとは、スキルレベルが上がったときに期待かな」

「はい、頑張りますね」

「よろしく頼むよ。藤堂さんは、何か思いついたことあるかな」

「んー、この世界の気候に関してと、植物の成長速度が気になります。気候が安定してるとか、魔素の影響により植物の成長が早いとか。そういう、良い方向の異世界あるあるに期待です」

「全くだね」

なんにせよ、無事に2人の村人を得ることができた。忠誠の問題も解消してひと安心したところで、改めて自分のステータスを表示する。

啓介Lv1　職業：村長　（村名なし）村
ユニークスキル　村Lv2（2／10）：『村長権限』村への侵入・居住と追放の許可権限を持つ。
※村人を対象に、忠誠度の値を任意で設定し、自動で侵入・追放可能。『範囲指定』村の規模拡大時に、拡大する土地の範囲と方向を指定できる。

先ほどアナウンスにあったとおり、スキルの能力が追加されていた。括弧内の数値も（0／5）だったのが（2／10）に変化している。

「普通に考えると、括弧の数字は現在の村人数とその上限数ですかね」

「そうだね、私もそう思うよ。アナウンスによると敷地の拡大もできるらしい」

「それをこの『範囲指定』の能力で指定できるわけですね」

「ああ。今からさっそく、どの程度拡大できるのか確認に行こうと思うんだけど」

「いいですね、早く行きましょう！」

「はい、ついて行きます」

庭に出て2人に話しかける。

「とりあえず、家を中心に拡げるイメージでやってみるよ」

広さが分かりやすいように、ひとまず正方形をイメージ。すると、グググッという感じで、結界が点滅しながら拡がっていった。

「おおお」

「わぁ、これは！」

「森の木が……消えた？」

一気に拡がった土地とともに、その範囲にある木々が全て消失していた。

「悪いけど歩測してみてくれないかな。一応周囲には気をつけてね」

2人にお願いして測ってもらったら、概ね40メートル×40メートルの正方形だとわかった。

高さは以前と同じ10メートルのままだ。

ちなみに、元に戻すようなイメージをすることで結界が元に戻り、消えていた木も元どおりになっていた。

「これはまさにファンタジーだな」

「いきなりゲーム感が出てきましたね」

「こんなことが現実に起こるんですね」

しばらく3人で驚いていたが、なんとか思考を戻す。

「元の敷地が半径10メートルの円だから――面積は314平方メートルか。それを拡大すると1600平方メートルになるのか」

「歩測とはいえ、随分と中途半端ですね」

「だいたい5倍ちょっとか。いまいち基準がわからん」

ああだこうだと考えていると、佐々宮さんが何かを思いついたようだ。

「たぶんですけど、単純に20メートルだった距離が、倍の40メートルになったんじゃないでしょうか」

（ふむふむ……全然わからん）

「前の敷地を20メートルの正方形と仮定すると、今回は倍の40メートルの正方形になった。ということじゃないかと」

「なるほど、ちょっと円形でも試してみるか」

今度は円をイメージして拡張してみたが、直径は正方形と同じ40メートルだった。

「単純に縦横の長さが基準みたいだ」

「佐々宮さんグッジョブです！」

そう言われた佐々宮さんは少し照れていた。

「じゃあ、断然四角のほうがお得だな」

一辺の長さが基準になるなら、敷地は少しでも広いほうがいい。

「そうですね。土地も有効に使えそうです」

そのほかにも、いろいろと試して判明したことがあった。
・拡げる敷地の最小幅は10メートルで、これより狭くすることはできない。
・敷地を途中で、直角方向に曲げることは可能だが、ぐねぐねと曲げたり、あまり複雑な形状にはできない。
・敷地の幅や形状に関係なく、結界の高さは10メートルで固定されている。
「正方形で決まりですか？」

ひとしきり検証を終えたところで、2人がどうするのかを聞いてきた。最初は同じことを思ったんだが、その前に試してみたいことが一つある。

「いや、結界の幅をなるべく狭くしてさ、近くの川まで繋げられないか試してみるよ」

「水源確保ですか？　私の魔法でも対応できそうですけどね」

「もちろん、飲み水は魔法を頼りたいんだけどさ。川の近くに敷地を拡げたほうが、将来的な農業とかに便利かなって」

「まあ、確かに」「そうですね」

敷地が川まで届けばの前提ではあるが、将来を見越すとその方がいい気がする。活動範囲も少し広がるし、それより何より――、

「それとは別に、最も重要な理由もある」

「「なんですか？」」

「トイレどこでするの問題」

「「あぁぁ……」」

昨日や今日の朝、家のトイレは流れないので、仕方なく庭の物置裏で隠れて致した。穴を掘って埋めたけど、衛生面のことがあるし、人の目もある。なんとか川に繋げて、少しでもきれいに、気兼ねなくしたいものだ。

トイレの件を話したところ、２人は諸手を上げて賛成した。水浴びとか魚の採取、その他の有用性を挙げるまでもなかった。

「差し迫った問題だし、今から川まで行ってみよう」

「ここから川までは、東に3分ほどでした。あのときは慎重に歩いてきたので、距離的には１００メートルくらいだと思います」

念のため、みんなで武器になりそうなものを持ち、結界のきわに立つ。

「じゃあ、敷地の幅を最小の10メートルに設定して拡げるよ」

私がそう問うと、佐々宮さんが即座に答えをくれる。

「10メートルの幅ですと、１２０メートル分の道ができますね」

「お、結構ギリギリな感じか」

川がある方角に結界を伸ばすと、範囲内にある木々がスッと消えていく。土地の起伏は少ないみたいで、視界が開けたら、目視で川を確認することができた。これならなんとか届いているような気がする。

「こうやって見るとかなり近いですね。あのときはもっと距離があったような……」

「周囲の警戒をしながらだったしね。木々や植物で視界も悪かったし」

「なるほど、とりあえず川へ向かおう」

3人で川のほうへ進むと2分もかからず到着できた。結界の終点は、ちょうど川の向こう岸で終わっていた。日の出日の入りが日本と同じなら、川は北のほうから南に向かって流れている。

「あれ？　川の水は結界を通過するんだな」

「木々は消えたのに川はそのままなんて、どういう仕組みでしょう？」

「理由はわからないけど、この程度のご都合展開がないとやってられませんよっ」

「まあ良い結果が出たんだし、とにかく結界を固定するぞ」

敷地の固定をイメージすると、今まで点滅していた結界がいつものように戻る。

これで村の土地がかなり広くなった。家を中心に20メートル×20メートルの正方形の土地と、そこから東の川へ延びる10メートル×１２０メートルの長方形の土地だ。

固定する際、家周りについては、円から正方形に形状を変えておいた。土地を少しでも増やすためだ。

「当分の間、水浴びや洗濯、トイレはこの川を利用しよう。幸い水もきれいそうだし、流れもそこそこある。これなら上手く流れていくだろう」

(下流に住んでる人……もしいるんならごめん)

そんなことを思いながらも、しばらく川を眺めたあと家に戻った。

「川が近くにあって良かったよ。これで生活のストレスがだいぶ減る」

「ですね。安全地帯が増えたのもかなり安心感があります」

「このあとはどうしましょう?」

「そうだな。佐々宮さんは、家庭菜園の整備を頼むよ。藤堂さんは、浴槽やバケツなんかに水を貯めておいてくれ」

水源の確保ができたところで、さっそく次の行動に移る。はずだったんだが——。

「ところで啓介さん」

「うん?」

突然、名前で呼ばれて驚いた。

「唐突ですが、これからお互いを呼び合うときは、名前にしませんか」

「私はべつに構わないが、何か思うところでもあるのか?」

「気持ちとしては、もう少しお互いの距離感を縮めたいから。建前としては、ステータスの表記に合わせる、です」

（なるほどね、断る理由も別にないな）

「わかったよ。佐々宮さんもそれでいいのかな」

「はい。先ほど川で、桜さんとその話をしてましたから」

「じゃあ、これからは名前で呼ばせてもらうよ。椿さん、桜さん」

少し気恥ずかしいが、そのうち慣れてしまうだろう。今さらその程度で動じる歳でもない。

「あ、私たちのことは呼び捨てでお願いしますね。村長なんですし」

「なかなかハードルの高いことを言うね。まあわかった……。椿と桜、よろしく」

「よろしくね、啓介さんっ」

「啓介さん、よろしくお願いします」


予期せぬ親睦会みたいになったが、昼食を済ませたあとは各自の作業に戻る。私も自分の担当である薪拾いに向かった――。

（……距離感を縮めると来たかぁ）

せっせと薪集めをしながら先ほどのやり取りを思い出す。ここは結界の外、もちろん周囲への警戒は怠っていない。

桜は貴重な水魔法を使えるし、異世界知識も豊富だ。随所で的確なアドバイスもくれるし、発言にも媚びた感じがない。そして何より、あの極めて高い忠誠値がある。

一方、椿には農民という職業がある。後々、貴重な存在となっていくだろう。異世界知識はないが、頭の回転はすこぶる良い。今のところ自己主張は少なめだが、思慮深いとも言えるし協調性もある。

今後、何人の転移者と遭遇するかは不明だが、2人のような人材はとても貴重だ。逆にロクでもない人間はたくさんいそうだが……。

(アレについても今晩あたり話しとくか。これだけ信用があればたぶん大丈夫だろう……)

なんだかんだと2時間くらいは薪拾いに専念し、家の軒下には結構な量の枝が集まった。

「これだけあればいいかな」と、切り上げて家に戻ると、桜と椿が食料の整理をしていた。

「2人ともご苦労さま」

「あ、啓介さん、ここももう終わるところですよ」

「言われたとおり、空き部屋に全てまとめておきました」

「そっか。ならちょっと早いけど、夕飯の準備をしちゃおうか」

まだ15時だが、夜は電気がないので早めに動く。

「冷蔵庫にある肉とかタマゴとか、この際全部使おう。無駄にしちゃうと勿体ない。お米も炊いて、晩ごはんは豪勢にいこう」

「「おおー！」」

毎回簡素な食事だったから、2人とも喜んでいる。当然私もだ。

「火おこしはこっちでするから、2人は米とか肉の下処理を頼むよ。菜園の野菜も使っちゃおうか。あと、倉庫にダッチオーブンがあるから、炊飯にはそれを使ってくれ」

「重い鍋みたいなやつですか？」

「そうそう、見ればすぐわかるよ」

薪は問題なく使えそうだった。自慢のファイヤースターターで種火を起こし、簡易かまどを作っていく。

――さて、今晩は楽しい夕食になりそうだ。


「おいしかったですねー」

「とてもおいしかったです」

この世界に来てまだ2日目だというのに、久しぶりに感じる豪勢な晩餐だった。残った米はおにぎりにして、明日の楽しみとしている。

今は食事を終えて、テキパキと後片付けをしているところ。そろそろ終わるかなというタイミングで、私は2人に声をかけた。なるだけ早い段階で伝えておきたいことがあったのだ。

「あのさ。このあと暗くなっちゃう前に、大事な話をしておきたいんだが……いいだろうか」

2人は少し緊張した顔で頷き、一緒にリビングへ向かう。

「最初に言っておくが、椿と桜は良き協力者だ。人格も能力も申し分ないと思っているし、私を頼って欲しいとも思ってる。それを頭に入れて、これから話すことを聞いてほしい」

そう前置きをしてから、自分の考えを椿と桜に話した。
・自分の命を一番大事に思ってること。身に危険が迫ったときは、自分の生存を優先するつもりなこと
・信用のおけない他人は、受け入れるつもりがないこと。他人には、私や2人の親族や知り合いを含むこと
・場合によっては、敵意のある転移者を殺してでも排除するつもりがあること
・最後に、信用のおける村人は、決して無下にはせず大事にすること
私が話している間、2人はひと言も発せずに黙って聞いていた。

「啓介さんの言いたいことは理解しました。私はその方針で構いません」

なんとなく、桜はそう言うんじゃないかとは思っていたが、はっきり聞けて安心した。

そして椿は――、

「私は……。もし家族や友人に遭遇したとき、たぶん平然としている自信はありません。です

が、受け入れできないときは諦めます」

「そうか、２人ともありがとう。隠さずに言うけど、椿がそこまで覚悟するとは、正直思ってなかったよ」

「最初は全然ダメでしたけどね。……あと、家族と疎遠なことも理由の一つです」

私は聖人でも人格者でもない。いざとなれば、必ず自分の身を優先するだろう。口先で調子のいいことを言っといて、いざとなったら手のひらを返す。そういうのは嫌だから、今回の話を早めにしておきたかった。

もちろん、先に言ったから許されるとは思ってない。でも、人間なんてこんなもんだろ。

自分の傲慢をさらけ出したことで、今までずっと感じていた焦りが、スッと消えた気がした。

「よし、明日からはじっくり生活基盤を整えていこう」

「任せてくださいっ」

「精一杯頑張ります！」

３章　初めての襲撃

異世界生活３日目

今朝はスッキリとした目覚めだった。昨日の夕飯と決意表明のおかげだろう。自分の発した言葉に対し、ウダウダと悩むつもりは毛頭ない。

リビングに行くと、２人の姿はすでになかった。テーブルに『川へ水浴びに行く』と、書き置きがあるのを見つける。しばらく帰ってこないだろうと思い、先に朝食を済ませたが……。まだ戻る気配がないので、ステータスの確認をしながら待つことにした。

啓介Lv１　職業：村長　（村名なし）村
ユニークスキル　村Lv２（２／10）：『村長権限』村への侵入・居住と追放の許可権限を持つ。
※村人を対象に、忠誠度の値を任意で設定し、自動で侵入・追放可能。『範囲指定』村の規模拡大時に、拡大する土地の範囲と方向を指定できる。

（とくに変化なしだな……）

代わり映えのない画面の文字を何となく見ている。

（あ、そうだ。村の名前でも付けてみるか）

ふと、そんなことを思った。村の呼び方に拘りはないため、適当に考えてみる。

（異世界村、日本村、日下部村……んー、なんか違う。まあ別に名なしのままでもいいか）

全然思いつかないので諦めていると、ステータス画面に変化が起こる。

啓介Lv1　職業：村長　ナナシ村　☆

「え？　今ので決まっちゃったの？」

おいおいと思い、慌てて変更できるか確認したら、何度でも変更できるようだ。それよりも、村名の後に付いている☆が気になり注視してみた。すると――、

☆豊かな土壌：村内の土壌品質に上方補正がかかる。作物が病気、連作障害にかからない。
※解放条件：初めての収穫

「これはまさに……思わぬ収穫だわ」

うっかり名前を付けちゃった自分をほめてあげたい。書かれている内容も申し分ないものだ。肥料いらず、病気知らず、連作可能と三拍子揃っている。これなら素人農園でもやれそうな気がしてきた。

（解放条件は【初めての収穫】か。昨日、家庭菜園の野菜を採取したときかな？）

この☆印、村の特性みたいなやつに関しては、『村ボーナス』と勝手に命名した。村の名称に続いてセンスのカケラもないが……まあ、別段問題にはならないだろう。

と、そうこうしているうちに、桜と椿が帰ってきたようだ。

「「啓介さん、おはようございます！」」

2人とも元気そうで顔色もいい。昨日私が宣言したこともそれほど気にしてないようだった。まあ、気を使ってくれてる可能性もあるけどね。

「おはよう。川の様子はどうだった？」

「気分も体もサッパリしました！　洗濯もしておきましたので干しときますね。あ、とくに異常とか遭遇もありません」

「そうか。早速なんだが、2人もスキルの確認をしてみてくれ。それとこれから、毎朝ステータスの確認をすることにしよう」

2人にもアナウンスがあるかもしれんが、常にスキルを把握しておきたい。

「了解です！」

「わかりました」

桜と椿が順番にステータスの確認をしている。忠誠度は少し上がっているが、スキルに変化はないようだ。

「まだ変わりはないですね。早く強化したいところですが……」

「まあ、焦ってもしょうがないよ。それはそうと、先ほど村ボーナスが手に入ったよ」

「『村ボーナス？』」

「私がそう呼んでるだけで、とくに呼称があるわけじゃないけどね」

そう言って、2人にステータスを見せると——。予想どおり、村の名前には突っ込まれたが、その効果のほうは絶賛ものだった。

「これはすごい効果ですね。私の農耕スキルとも相性が良さそうです」

「昨日の敷地拡張の件といい、ご都合展開が続いてますね！　主人公補正が効いてるのかも？」

「いやいや、都合が良いのは分かるけど勘弁してくれ。主人公なんか厄介すぎるし、変なフラグが立ちそうで怖いわ。マジで」

朝から思わぬ収穫に、3人の気分は高揚していたのだった。

啓介Lv１　職業：村長　ナナシ村　☆
ユニークスキル　村Lv２（２／10）：『村長権限』村への侵入・居住と追放の許可権限を持つ。
※村人を対象に、忠誠度の値を任意で設定し、自動で侵入・追放可能。『範囲指定』村の規模拡大時に、拡大する土地の範囲と方向を指定できる。
村ボーナス
☆豊かな土壌：村内の土壌品質に上方補正がかかる。作物が病気、連作障害にかからない。※解放条件：初めての収穫

桜Lv１　村人：忠誠93　職業：魔法使い
スキル　水魔法Lv１：念じることでＭＰを消費して水を出すことができる。飲用可能。
椿Lv１　村人：忠誠75　職業：農民
スキル　農耕Lv１：土地を容易に耕すことができる。

３人のステータス確認が済んだあと、椿と桜は朝ごはんを食べている。私はすでに済ませて

いたので、薄めたお茶を啜っているところだ。茶葉も貴重なので、ケチ臭く節約しなければならない。

「食べながらでいいから聞いて欲しい。今日からは基本的に、午前中を作業の時間に、午後は自由行動にしたいと思う。村の中限定だけど、自分のやりたいことをする時間に充てよう」

安全な結界がある以上、慌ててやるべきこともない。もちろん食料事情はなんとかしないとだけどね。それに、この世界がどういう構造なのか、文明はあるのか、魔物がいるのかなど、調べる手段も思いつかなかった。

まずは自由時間を増やして、それぞれのやりたいこと、試したいことを優先。そうすることで、何かいい案が浮かぶかもしれない。

「休息でもいいし、スキルの研究とかでもいいってことですね！」

「ああ、どんどんやってくれ」

「午後も農作業するのはダメですか？」

「もちろんいいよ。とくに椿の場合、農作業がスキルの研究になるしね。ただ2人とも、体調管理はちゃんとしてくれよ」

「わかりました。ほかに何かありますか？」

「あとは、そうだな……。転移者や現地人、魔物なんかを見つけた場合も、まずは私のところへ報告に来ること」

「「了解です！」」

急ぎの作業がない限りは、このサイクルで生活することに決めた。

「それで今日の予定なんだが、まずは新しい畑を作りたい。川まで続く幅10メートルの土地、この土地のど真ん中をズラッと畑にしよう」

「100メートルはありますけど、全部ですか？」

「ああ、急いで仕上げなくてもいいが、その予定で進めてほしい」

「畑の両端はどれくらい空けましょうか」

「そうだな、川への通路にもなるから、2メートルずつ空けておこうか」

「了解しました」

と、ここで桜が手を上げる。なにか聞きたいことがあるようだ。

「畑の件は了解です。ちなみに、畑を土地の中心に持ってくる意図はなんですか？」

「片方に寄せたり、両端に畑を作ると、作物によっては視界が遮られるよね。あとは作業するとき、結界の外へ出なきゃいけないケースがある」

「外敵の発見と安全確保のためですね」

「あー、なるほどです！」

意図をしっかり汲み取ってくれたので、私は黙って頷き返した。

「桜には、2階にある部屋の整理をしてほしい。洋室が3部屋空いているはずだ。桜と椿の部屋として、使いやすいようにしといてくれ」

「あ、そのことなんですけど、しばらくは椿さんと同じ部屋でもいいですかね」

「好きにしていいよ。私が襲わないとも限らないしな」

「全然なさそうですけどね。でもありがとうございます」

私がそう返しても、椿も桜も気にした素振りはなかった。どうやらそこそこの信用は得られているようだ。

「じゃあ始めようか。私は村スキルの考察を優先させてもらうよ」

「「頑張りましょう！」」


2人と別れ、家の外へ向かいながら、まずは何から手をつけようかと思案していた。

畑は椿に任せたのだが、主食と肉がない。ジャガイモやサツマイモは主食になり得るが、できれば米や麦がほしい。肉に関しては、結界の外へ出る必要があるので迂闊には動けない。

（あとは対人対策か……）

転移者や意思疎通できる現地人が来た場合、村人になる意思があるかを確認して、居住の許可を出すつもりでいる。自動追放の基準を忠誠度50で設定しているので、少しでも不満がある場合は自動で弾かれるはずだ。

忠誠に関することを思い出し、頭の中で再確認する。

【忠誠値】下限は0　上限は99
※忠誠値は様々な要因により上下変動する。
90～99　村長に絶対の心服を置いている状態
70～89　村長にかなり高い信頼を置いている状態
50～69　村長にある程度の信頼を置いている状態
30～49　村長に信頼を置いていない状態
10～29　村長にかなりの不信を持っている状態
0～9　村長に殺意を持っている状態

やはり忠誠度は50の設定で問題ない。当面の間は、少しでも信用されていない者を村に置く予定はなかった。

別に村人でなくても、侵入させることや追放することはできる。だがその場合、いちいち念じる必要がある。圧倒的な強者に侵入を許した瞬間、追放する間もなく制圧される可能性だってある。

(この方法を使うときは、十分注意が必要だな)

あと、村人を追放したらどうなるのかを確認したい。椿と桜を居間に呼び戻し、対人対策についての協力を仰いだ。

「作業を中断させて悪いが、どうしても今すぐ確認したい」

「じゃあ、私がやりますね。結界のきわまで行きますので、ここから合図をしてください」

桜の協力により、以下のことが判明した。

・自発的に村を出る場合は、村人のままで出入りは自由にできる。

・私自ら村人を追放すると、村人であることが解除され、以後は侵入できない。

・追放の位置は、村人であるなしにかかわらず固定の場所である。

「えげつない罠が作れそうですね」と、戻ってきた桜が開口一番に言い放った。追放後の位置は固定されているので、そこに深い穴を掘っておき、外敵が来たら侵入の許可を出す。そしてすぐさま追放して穴に落とす。どうやらそういうことみたいだ。

「なるほど、シンプルだけど、凶悪な罠になりそうだ」

「穴の深さや仕組みによっては、即死させることも可能です」

そのあとしばらくは、遭遇しそうな敵の想定や、陥りそうな状況について話し合った。結局、罠作りを優先することに決まって、作戦会議はお開きとなる。

「椿、畑は後回しにしよう。先に罠作りを頼むよ。私はその間、周囲を警戒しておく」

「はい！　お任せください！」

これは椿のスキルが活躍しそうだ。本人もそれがわかっているのか、かなり意気込んで返事をしていた。

それからしばらくして――、
見事な穴を掘り上げた椿は、とても満足げな表情をしていた。

「まさか、こんなに早く完成するとは思わなかったよ。農耕スキル……トンデモないな。正直あなどってた」

「ふぅ。土を掘ってるとは思えない不思議な感覚でした」

椿は余裕の顔を見せているが、作業の様子は圧巻だった。結構な大きさの深い穴を、たった30分たらずで掘りきってしまったのだ。すでに掘り上げた土の山も、きれいに均しおわっていた。

「なんと言うか、とても柔らかい雪を掘る感覚？　土の重さもほとんど感じませんでした」

「まあ、それでも疲れただろ？　しばらく休憩してくれ」

「はい、実は結構腕にキテるかもです」

そう笑いながら返す椿と、家のほうへ戻ろうとしたときだった。

ガサッ　ガサガサッ
と、突然、すぐ近くで物音が聞こえた。

慌てて周囲を見回すと、森の少し奥のほうに複数の人影を発見する。

「っ⁉　椿、家の中に入ってろ！　俺が呼ぶまで出てくるなよ！」

人影に視線を残したまま指示を出す。森の中にいるので、ハッキリとは視認できないが、明らかに人間ではないことは見て取れる。

体長1メートル程度だろうソレは、まさしくゴブリンという見た目をしていた。


こちらに気づいたゴブリンたちが、声を荒げて向かってくる。鳴き声は想定の範疇だが、外見のほうは予想をはるかに超えていた。

「グギャ」「ギャギャギャ」「グギャ！」

3匹のゴブリンが、手に太い棒のようなものを掲げて結界に迫る。結界の存在に気が付いたのか、棒で叩いたり押しのけようとしていた。

（いきなり人型とか難易度高っ、しかも顔がめっちゃ凶悪だし……）

さっきから心臓の鼓動がヤバい。いくら見た目が小さいと言っても、あれだけ殺意を向けて来られると怖い。そして顔がマジでヤバい。

(まずは1匹だけ罠に……)

少し後ろに下がってから、真ん中にいるやつに侵入の許可を出す。すると結界を押していたゴブリンが、体勢を崩しながら中に侵入してくる。

「ギャ？」

驚いている隙に、慌てて追放を念じると――フッと目の前から消えたと同時に、掘った穴の中から声がした。

「グギャア！」

(よかった……とりあえず成功した)

穴にいるやつが抜け出せないのを確認してから、残りの2匹を同時に罠へ落とす。

結界内から覗くように穴の中を見ると、3匹のゴブリンは混乱していた。私を見ながらギャアギャアとわめいている。

物語と現実では緊迫感が桁違いだ。心臓の音がまだうるさい。家のガラス戸からは、こっそり覗いている2人が見えたので、手招いてこちらへ呼びよせる――。

「上手くいきましたね……」

「定番のゴブリンなのに、実際見るとめちゃくちゃ怖いですね……。うわ、顔こわっ」

椿も桜も、初めて見るゴブリンを怖がっているようだった。

「恐怖もあるけど、これはレベルアップのチャンスだ。無理をしてでも、ここで1匹ずつ倒しておきたい。たぶん今経験しとかないと、この先ずっと殺《や》れなくなるぞ」

少し強めの口調で2人にそう言うと、少し間があってから、

「やりますっ」

「大丈夫です」

恐怖を気合で振り切るように返してきた。とはいえ、直接攻撃するには穴が深すぎるため、どうやって倒すのかを考える。

「俺がここで監視してるから、物置にあるブロックを持ってきてくれ」

幸い、落下した衝撃で足を痛めたようで、3匹のうち2匹は立てない状態だ。これなら上から落としても当てられるだろう。

それからややあって、数個のブロックを運び終える。当然、最初に試みるのは私だ。

「できれば見ていて欲しいが、どうしても無理ならそれでもいい」

穴の前に立つ。3匹はまだ騒がしい。私は、立てない状態でいる1匹に思いっきりブロックを投げ落とした。

「ギャ……」

ゴッと鈍い音がして、ゴブリンの頭がクシャげて陥没。詳しくは言わないが、かなりグロい光景だった。見えてはいけないモノがいろいろと飛び出している。倒れ込んだゴブリンは動かなくなったが、死体はそのまま残っていた。

(うわっ、死体が残るパターンかよ……)

そう思っていると、ゴブリンの体全体からモワァと、黒いモヤみたいなのが出て、死体が霧散していった。

(良かった。これはマジでありがたい)

どうやら即死してなかったようだ。さっきまであった死体は、跡形もなく消えていた。桜は顔を引きつらせるが、霧散したときは安堵の表情を見せる。椿はわりと平気そうな顔で、ゴブリンが消えたことに驚いていた。

「殺る瞬間はグロでしたが、これならなんとかやれそうな気がしますっ」

「私もいけそうです。そんなに忌避感もありません」

俺の後に続いて桜、椿の順でゴブリンを倒すことができた。ちなみに椿は、逃げまどっているやつをなんの躊躇もなく一撃で仕留めていたよ。

3匹を無事に倒したところで一段落。と、このタイミングで頭の中にアナウンスが響く。

『ユニークスキルの解放条件【初めての襲撃】を達成しました』

『能力が解放されました』

どうやら魔物の襲撃が解放条件だったらしい。今回、能力は増えたようだが、残念ながら敷地の拡張はないようだった。まあ、この件は後回しにしたい。とにかくめちゃくちゃ緊張して、それどころではなかった。

「はぁ、疲れた……。なんかこう、精神的にグッとくる」

3人でその場にへたり込む。

「これで死体が残っちゃうやつだったら……私、ギリギリアウトだったかも」

「確かに怖かったですね。でもグロいのには耐性があるのか、そこまでではないです」

「ハハッ、ここに来て椿さん最強説が浮上してきましたよ」

「たしかに、異世界適性あるわ」

「それ褒めてます？　からかってます？」

無事に討伐できたことに安堵し、恐怖を打ち消すように冗談を言い合って笑った。

ちなみにゴブリンの討伐報酬は、小指の爪より小さな魔石だった。

悪臭のする腰蓑のオマケ付きで。

無事にゴブリンを討伐した後、家に戻ってからもしばらく3人で呆けていた。もう昼近くになるが、なんとなく動くのも億劫な感じなのだ。

「それにしても衝撃的だったな……」

「ですねー。てか魔物、普通にいましたね」

「ファンタジー映画に出てくるモノに似てました」

「あ、椿そういうのは見るんだね？」

「有名どころはだいたい観てます。映画は昔から好きなので。どちらかというと、ホラーとかグロ系を好んで観ますけどね」

「「納得した（しました）」」

なるほど、日本で恐怖耐性を上げてたのか。意外な一面を垣間見た気がする。そんな私と桜は、若干冷ややかな目で椿を見つめていた。

「べつに変な趣向はありませんから！　ただ好きなだけですっ」

「いや、助かるよ本当に」

「……それなら良かったです」

1人こういう存在がいると、なんかこっちも心に余裕が持てる。改めて貴重な戦力だと感じていた。

「昨日さ、排除やら決意やら言っちゃったけど、正直まだ舐めてたわ」

「それは私たちも同じですよ。でもさっきのでかなり自信がついたと思います」

「そうだな、もう大丈夫だ。と思いたい」

私の言葉に合わせて2人も頷いた。

「このあと水でも浴びて来ようと思ってるんだが、2人はどうする？」

「んー、じゃあ3人で行きましょう」

「そうしましょうか」

「また襲撃があるかもだしな。そのほうが良さそうだ」

「ええー、そこは普通、『ゴクッ……いいのかっ』とか『なっ！　3人だとっ』とか言うところでしょう」

「そういうイベントは後回しでいいや。次回に期待するよ」

「「……」」

「あ、今日はたまたまだぞ。決して枯れてるわけじゃないからな！」

結局みんなで川に行ったが、けしからんイベントも起こらず無事戻ってきた。当然、肌色が視界に入ることもなかった。――けど、帰り道に鳥とか小動物の姿は見たよ。あれも魔物かもしれないが、襲ってこなかったのでたぶん違うと思う。

水浴びをしてサッパリしたせいか、気分も落ち着いたので昼ごはんを食べることに。あのグロ光景のあとでも、みんな普通に食欲旺盛だった。

「さて、次はお楽しみのステータス確認といこうか！」

「お、待ってました！」

「はいっ」

思っていることは同じようで、そそくさと居間へ移動する。誰からにするか迷ったが、椿が率先して手を挙げたのでお譲りする。

椿Lv2　村人：忠誠82　職業：農民
スキル　農耕Lv2：土地を容易に耕すことができる。農作物の成長速度を早める。〈New〉

「やりましたよ啓介さん！」

「ああ、レベルが上がってるな！」

「いえ、そっちではなくて……忠誠度のほうを見てください」

何だそっちか、と少し考えてから思い至る。ここの発言は間違えちゃいけないところだ。返答によっては忠誠度が下がる可能性すらも……。

「おお、すごいな。もともと信頼してたけど、こうして数値で確認すると、なおさら嬉しいよ」

「ありがとうございます！」

まあ、及第点というところだった。

「スキルも上がってますね。穴掘りの影響でしょうか」

「そうだね。アナウンス的なのはなかったのかな？」

「そういうのは聞いてないですね」

どうやら、椿も桜もアナウンスはないらしい。ユニークスキル限定の仕様なんだろうか。

「私的には、作物の成長速度が気になっています」

「ああ、畑ができたら早速試したい」

「はい、頑張りますね！」

椿を見て笑顔で頷き返した。

「ではでは、次は私がいきますよ」

桜Lv2　村人：忠誠94　職業：魔法使い
スキル　水魔法Lv2〈Ｎｅｗ〉：念じることでＭＰを消費して水を勢い良く出すことができる。飲用可能。形状操作可能。

「ようやく水魔法のレベルが上がりましたけど……新たな魔法を覚えるわけではないと、ふむふむ」

「前と違っているのはどこだ？」

『水を出す』から『水を勢い良く出す』に変わってますね。あとは形状操作ができるようになったみたいです」

「威力が上がって形も変えられるわけか」

「ですかね。このあとすぐ試してみます」

威力によっては、魔物を倒すことができるかもしれない。そこまでいかなくても、いろいろと有利に戦えるだろう。

「じゃあ、啓介さんのを見てみましょう」

啓介Lv2　職業：村長　ナナシ村　☆
ユニークスキル　村Lv3（2／20）：『村長権限』村への侵入・居住と追放の許可権限を持つ。
※村人を対象に、忠誠度の値を任意で設定し自動で侵入・追放可能。『範囲指定』村の規模拡大時に、拡大する土地の範囲と方向を指定できる。『追放指定』〈Ｎｅｗ〉追放の位置を設定で

きる。回数制限なし。※地上のみ
村ボーナス
☆豊かな土壌：村内の土壌品質に上方補正がかかる。作物が病気、連作障害にかからない。
※解放条件：初めての収穫

アナウンスにあったとおり、村スキルが2から3に上昇している。それに新たな能力も発現していた。


「村人の上限が20人に増えたか」

「現状2人しかいないのに、上限だけはどんどん増えていきますねー」

「まあ、食料も全然足りてないからな。今村人が増えても、飢え死ぬ未来しかないぞ？」

「ですよねー」

「さて、スキルレベル3の能力は……追放の位置設定か」

追放の位置が指定できるようになり、普通に追い出したり、罠にハメたりが選べるようになる。罠とは別の場所に檻を作って拘束するのもアリだ。まあそれ以前に、堅牢な檻が作れたらの話だけど。

そのほかにも、ざっと思いついたことを2人に話していった――。

「すぐ思いつくのはこの程度だけど、ほかに何かあるかな」

「意見じゃなくて疑問なんですけど、指定できるのが追放だけなのはなぜなんでしょう」

「たしかに、どうせなら侵入もセットでくれればいいのにな」

と、自分で言っといてアレだが、一つの結論に至った。

「なんで侵入の指定がないのかはわからないけど、あっても不都合なことはわかった」

「と、言いますと？」

「まず前提として『侵入の許可』ってのは、あくまで許可をするだけだ。村人は当たり前として、魔物なんかも自らの意志で村へ入ってこようとするよな。魔物の場合は襲ってくるという意味でね」

「ですね」「そうですね」

「捕獲用の穴を村の中に作って、侵入の指定場所にするだろ？　そこへ村人が帰ってきたらさ、ダイブしちゃうよね。もし穴がなくても、外から帰ってきていきなり違う場所へ移動したら……驚くし困ると思うんだ」

「それは恐ろしいですね」

「変更した場所が、啓介さんにしかわからないのも危険ですね」

これ以上は、考えても仕方がないと思い、話題を変えてみる。

「それより、追放の位置を指定できるなら、結界外の罠を、あと2~3か所増やしておきたい」

「畑作りと罠、どちらを優先しますか？」

「ひとまず罠は1か所あるし、畑をある程度進めてからにしよう」

「わかりました」

「なんにしても、昼からは予定どおり、各自好きなようにしてくれ」

こうして3人は、初めてのレベルアップを経験したのだった。


ステータスの確認をしたのち、椿は畑作りへ、桜はスキルの検証をしに出かけていった。

そして私は村の中を回りながら、周辺に魔物や動物がいないかを探しているところだった。

たまたま結界に衝突したのか、気絶している鳥を見つけたので、捕まえて処理を始める。

当然、解体の経験なんて一度もない。思いつく限りやってみたけど……結果はとても褒められたものではなかった。グロゴブリンのおかげか、精神的な抵抗が薄かっただけでもヨシとしておく。

(まあ、地道に経験を重ねるしかないよな……)

その日の夕方、陽が落ちる前にみんなで水浴びと夕食を済ませる。とり肉は丸焼きにして食べたんだが、見た目はともかく、味は抜群においしかった。

「そういえば桜、魔法の検証はどんな感じだったのかな？」

「そうですね、威力に関してはかなり上がりましたよ。でも……殺傷力があるとまではいかないですね」

「具体的にどの程度の威力なんだ？」

「高圧洗浄機くらい、と言えばわかりますかね？　目を狙えば、今の段階でも隙はじゅうぶん作れそうです」

「形状操作のほうは？」

「それに関しては、ほぼイメージ通りに変えることができましたよ。まだ同時に複数とはいきませんが——。威力の低いウォーターボール、ウォーターアロー、ウォーターバレットみたいな感じです」

それを聞いた椿は疑問符を浮かべていたが、私にはとてもわかりやすい説明だった。

「それでも敵をのけ反らせたり、転ばせたりはできると思うので、乞うご期待です！」

「そりゃ頼もしい。今後ともよろしくな」

そのあと、椿に畑の進捗を聞いたり、他愛もない会話をしてから眠りについた。もちろん私とは別々の部屋で。夜這いをする勇気など持ち合わせてはいない。

4章　招かれざる来訪者

異世界生活9日目

初めて魔物を倒してから5日間は、概ね平穏な日々を過ごしていた。

ゴブリンのほかにも、ゴツい猪や大きな兎の魔物が襲ってきたが、罠に落とすことで安全に狩ることができていた。ちなみに、兎にツノはなかった。けど、鋭い牙が生えていて、全然かわいくない。

幸運なことに、兎や猪の魔物は、魔石のほかに肉や皮も落としてくれた。いわゆるドロップアイテムというやつだ。まさに異世界あるあるだったが、こうでもなければ飢え死ぬところだったので、喜んで受け入れた。

「椿、どれも順調に成長してるみたいだね」

「はい、ちょっと順調すぎますけどね。農業の経験がなくても、この成長速度が異常なことくらいはわかります」

今は椿と2人で、かなり広がった畑に来ている。まだ数日しか経ってないのに、あたり一面が緑で賑わっていた。

村ボーナス『豊かな土壌』の効果だと思うが、家庭菜園のイモ類もあっという間に成長している。もういつでも収穫できる状態だ。

作物が病気にかからないということは、疫病菌の心配もない。獲れた芋を種芋にして、さっそく新しい畑に植えてみたんだ。

するとどうだろう。次の日には芽が出てきて、今はさらに伸びている。

「ほかの種もしっかり芽吹いてるし、大丈夫そうで安心したよ」

「村の役に立てて嬉しいです」

「ああ、本当に助かってるよ」

家の備蓄が目減りしている現状、この成長具合は非常にありがたい。そんなことを椿と話していたら、川のほうから桜が歩いてきた。

「今から畑の水撒きしちゃいますねー」

水魔法を器用に操り、水を霧状にして散水している。私は魔法が使えないからわからないけど、かなりの才能があると思われる。

「相変わらず見事なもんだ。俺も魔法が使えたらなー」

「啓介さんには村スキルがあるじゃないですか。これで魔法まで使えたら、私の立つ瀬がありませんよー」

それからしばらく、散水の様子を眺めながら3人で楽しく雑談をしていた。今日は芋料理が待っているので、昼食の時間が待ち遠しい。

昼食を終え、各自が自由行動に移ろうとした頃だった。3人揃って庭へ出ようとしたとき、結界の外から男の声が聞こえた。

「こんにちは！　失礼ですが日本の方でしょうか！」

家の真正面、罠用の穴がある場所のすぐ横に、数名の姿が見えた。男性が4人、女性が2人だろうか。こっちも3人でいるのが見えてしまっているので、仕方なくこのまま対応する。

「話は私がするから、2人は黙って見ててくれるか？」

「わかりました」「はい」

2人にそう伝えたあと、手ぶらのまま集団のほうへと向かう。

結界を挟んで向かい合うと、6人のうち一番年齢の高そうな男性が話し出す。たぶん40代くらいのおっさんだ。

「初めまして、私は片桐と申します。突然訪問してすいません」

片桐と名乗る男性は、そう言って丁寧に一礼する。そして周りにいる5人は、無言のまま真剣な表情で私たちを見ている。何の根拠もないけど、なんとなく胡散臭い。

「いえ、構いませんよ。私は日下部と言います」

「ありがとうございます。実は私たち、9日前に――」

と、今日ここに至るまでの経緯を語りだした。どうやら同じ転移者のようで、内容は次のようなものだった。

6人とも、私たちと同日の同時刻に強烈な閃光を受け、次の瞬間にはこの森の中に移動していた。転移した場所はバラバラ、さまよっているうちに合流してこの人数になる。

この場所から少し川下のほうで、魚や動物を捕まえながらなんとか数日を過ごしていた。そして昨日、森を探索中にこの場所を見つけ、改めて全員で挨拶に来たらしい。

「なるほど、事情はよくわかりました。ちなみにみなさんは、以前からのお知り合いですか?」

「いえ、全員初対面の方ばかりです」

「そうですか、ありがとうございます」

「それで是非とも、私たちもこちらへ合流させてもらえないかと……。もちろん協力はさせていただきます」

片桐に続き、他の5人も頭を下げる。

(今のところ辻褄は合っているかな)

「もちろん歓迎しますよ、と言いたいところなんですが」

「「……」」

「みなさんの目の前に、薄い膜のようなものが見えていると思います。実はこれ、限られた人しか入れないようになっているんですよ」

「限られた、ですか？」

「ええ、私も完全には把握していませんが、村人になる意志のある方しか入ることができません」

全員、わけが分からない様子で戸惑っているように見えた。まあこれが当たり前の反応だ。

「あの、ここは村なんですか？」

「はい、ナナシ村と言います」

「……村人になると言うのがどういうことかわかりませんが、受け入れていただけるならお願いしたいです」

「ほかの5人の方はいかがでしょうか」

残り5人にも確認を取り、全員の同意を得たので、居住の許可を念じた。

「ではお入りください。膜に触れても害はないのでご安心を」

そう言うと、村人になった全員はお互いの様子を窺うように、恐る恐る結界内に入ろうとした。

のだが――。見事に全員が追放された。

追放された元村人たちは、さっきまで立っていた場所に戻されている。追放位置を変更しておいたので穴には落ちていない。

何人かはもう一度入ろうと試み、結界を押したり叩いたりしている。が――、弾かれた瞬間、村人状態は自動的に解除される。いくら足掻こうとも立ち入ることはできない。

「無駄ですよ。結構な人数で衝撃を与えない限り、この膜を破壊することは不可能ですから」

「……。何かほかに、村へ入れていただける手段は――」

「本当に残念ですが、これればかりはどうにもなりません」

しばしの沈黙があたりを包む。

「そうですか。残念ですが諦めるしかないようですね。ですが、せめて交流だけでもお願いしていいですか？」

「はい、それはもちろんです。いつでもお越しください」

「ありがとうございます。それではまた来ます。みなも戻ろうか」

片桐はほかの5人を引き連れ、とくに不満を漏らすこともなく去っていった。

「ふー、マジで緊張したぁ」

「ずっとドキドキしてました」

「私もです」

椿と桜も、緊張から解放されて力が抜けているようだった。

「やはり他の転移者もいたんだな。この様子だと、まだたくさんの人が転移してそうだ」

「ですねー。いきなり6人も来るとは驚きましたよ」

「でも全員弾かれてしまいましたね」

「まあ、これが普通だよ。いきなり見ず知らずの人間を信用するとか、そう簡単にできるもんじゃないさ」

これについても今後の課題だった。初対面の人からいかに信用を得るか。その方法を考える必要がある。

「あの人たち、交流って言ってましたけど……何が目的ですかね」

「ああ、それか。わかってるかもしれないけど、今度はもっと大勢で襲ってくるぞ。それこそ今晩か明日の朝にでもね」

「命が懸かっている状況なのに、向こうはすんなり引き下がった――。たしかに怪しいです」

「案外今日も、上手くいくようなら襲うつもりだったかもね。けど、たぶん今回のは最終確認だ。こっちの人数を把握するのと、結界をどう抜けるかのね」

ここを見つけたのも、昨日よりもっと前だと考えている。結界を初めて見たにしては、あまりにも落ち着きすぎていた。

「大勢で、ってのはなぜです？」

「結界の破壊について話しただろ？　結構な人数で衝撃をってやつ」

「ああそれ、私も驚きました。え？　結界って壊れるの？　って」

桜の疑問はごもっとも。大勢で叩けば壊れるなんてのは嘘だ。いや、壊れる可能性もゼロじゃないけど……まずあり得ないと思っている。

「一応、誘導するカタチでそう話してみたんだ。たぶんアレを聞いて引き下がるのを決めたんだと思う」

「なるほど。――今度は何人ぐらいで襲ってくると思います？」

「わからん。少なくとも倍はいるんじゃないか？　次はほぼ全戦力で来るはずだ」

「ですか……どう対処しますか」

「そうだな、まずは――」

そのあと、作戦を2人に説明して作業に取り掛かった。

既存の穴をさらに広げて桜に水を張ってもらうのと、それとは別に、もう一つ追加で穴を掘らせる。常時警戒しながらなので時間はかかったが、概ね思いどおりのものが完成した。

異世界生活10日目

夜が明けて30分も経った頃、総勢20人の大集団がやってきた。

その集団を家のガラス戸から覗いていると、結界を一斉に攻撃し始めるのが見えた。全員が手に武器を持ち、結界を突いたり叩いたりしている。ほとんどは尖った木の棒を装備していたが、そのうちの何人かはナイフや鉈らしいものを使っていた。

「じゃあ、予定通り始めるぞ。最悪いきなり殺ることになるかもしれん。覚悟しとけよ」

「「はい!」」

全員が攻撃している瞬間を見計らい、侵入と追放を一斉に念じる。と、目論見どおり、全員が穴の中へと落ちていく。

「うわあああぁ!」

「きゃあ!」

「痛ってぇ……」

狙いどおりに事が進み、ひとまず落ち着いて穴を覗き見ると——。

穴の中は悲鳴と罵声、阿鼻叫喚のありさまだった。最初は暴言を吐き続けていたが、いくら藻掻いても出られないと観念したんだろう。1時間ほど経つと静かになった。

家に戻り休息をとったのち、さらに2時間放置してから外に出る。

結界の内側から穴を覗くと、長時間水に浸かったせいか全員疲れた様子だった。が、私の顔が見えると罵声を投げかけてきた。まだ元気があるようだ。

「おい！　ふざけんなよお前っ！」

「さっさとここから出せっ！」

「何すんのよ！　早く出して！」

しばらく黙って聞いていたが、いつまで経っても収まる気配がない。仕方がないので、なるべく冷淡な感じで警告をしてみる。

「一度しか言わないからよく聞け。今から勝手に発言した者は、このあと命がないと考えろ」

「なっ、ふざけんな！　何の権利があってそんなこと言ってんだよ！」

「そうよっ、こんなこと許されないわ！」

昨日来たうちの2人がそう怒鳴った。

「今発言した2人は、死ぬまでここから出さない。そのうち魔物もやってくる。死にたいなら早めに発言をどうぞ」

「「「……」」」

先ほどの2人は騒いでいたが、他の者が見かねたのか黙らせていた。

「ようやく静かになったね。では片桐さん、この状況を説明いただけますか」

「……」

「発言を許可します」

「すまなかった。この場所を乗っ取る気だった……」

「それはみなさん総意のうえですか？　これはあなたに聞いています。慎重に答えてください」

「全員……ではない。だが大半は同意していたと思う」

「では次に。ここにいる以外にも仲間がいますか？」

「ここにいるので全部だ」

「みなさんにもお聞きします。他に仲間がいるなら正直に答えてください」

多くの人が首を横に振って答えた。

「わかりました。ではみなさん、この件の首謀者は誰ですか？」

首謀者を指差すように指示すると、全員が迷わず片桐をさした。片桐本人も諦めたのか、言い訳をするようなこともない。

「では片桐さん、もう一度村人になる気はありますか？」

「……それは、助けてもらえるという意味だろうか」

「村に入れたら、ですけどね」

片桐はしばらく迷った末に「はい」と答えた。その真意は不明だが、「いいえ」なら放置すればいいだけのこと。私としてはどちらを選択しようが一緒だ。

片桐だけをロープで引っ張り上げ、村人にしてから結界に触れさせると――。

すぐ隣に掘ったもう一つの穴に自動追放された。森に1人では生き残れるわけもないので、途中で逃げ出しても構わなかった。

「残念でしたね。まあ首謀者ということですし、観念してください」

私は穴の中にいる彼に向けて、無言でブロックを投げつけた。何度も何度も――。


「みなさん、彼は静かになりましたよ」

先ほどの音と声の意味を察したのか、全員の顔が引きつっている。集団の中には若い子もいるが、それを配慮するつもりは毛頭ない。

「では次に、みなさんの中で襲撃に同意していなかった方、正直に手を挙げてください」

9人がそろりと手を挙げたので、私はゆっくりと言葉を区切りながら彼らに問いかける。

「よく聞いてください。この村の中にいる限りは安全です。少なくとも、魔物やあなた方のような襲撃者から守ることができます。私は、私をある程度でも信用してくれる方は、絶対に無下にしないと約束します。もちろん、村の中では指示に従っていただきますが、生活のためであり、自由を奪うものではありません。この2人も、そうやって協力しています」

私の言葉に合わせて椿と桜が黙って頷く。

「今の段階で信じてもらえるかはわかりませんが、誓ってこの2人を無下に扱ったり、乱暴をしたことはありません。それを踏まえてお聞きします。――村人になりますか？」

私の拙い演説に効果があったのかは不明だが、9人全員が恐る恐る手を挙げたので、居住の許可を出した。

「今から9人の方を先に引き上げますが、まずは所持している武器を全て捨ててください。これは全員です」

捨てろと言っても隠し持つ者はいるかもしれない。もうそうなると裸にでもするしかないが、忠誠度にも響くのでやるつもりはなかった。

「残念ながら村に入れなかった方は、その場で解放するのですぐに視界から消えてください。今後お見かけした場合は、その時点で敵対者とみなしますし、抵抗したり居座る場合は片桐さんのお仲間となります」

しっかり脅しも入れつつ、1人ずつロープで地上に上げて順番に村へ受け入れていった。

結局、村人になれたのは5人だけ、この人数が多いのか少ないのかはわからない。村人になれなかった4名は、恐怖からか抵抗する者はおらず、バラバラに立ち去っていった——。

「では新たな村人のみなさん、歓迎しますので、これからよろしくお願いします」

椿と桜も同様に挨拶をすると、5人とも控えめにだが丁寧に返答をしていた。まだかなり動揺していする人もいるが、ひとまずは村人を確保することができた。

新たな村人を引き連れて家に戻り、濡れている体や服を水魔法で処理してもらう。

さすがに泥まみれのまま家の中に上げたくない。多少濡れているのは目をつぶり、パソコンのある居間へと向かった。

「聞きたいことや言いたいこともあると思うけど、まずはこのモニターに触れてほしい」

5人をモニターの背面に立たせて、順番にステータスの確認をしていく。本人に画面が見えない状態でも、触れれば表示されることは私たちで確認済みだ。

私はモニターの正面側に立ち、ステータスをチェック。と同時に、自己紹介やこの村の方針、忠誠度について話していった。椿と桜はその間に、表示されたステータスをメモしている。

(なるほど、こんな職業もあるのか)

魔法使いや農民のほかにも、いろんな職業があった。その内容には興味をそそられるが——、

5人全員の確認が終わったので、ひとまず庭に出てからみんなにバスタオルを配る。

「みんな、服も汚れて不快だと思う。日が高いうちに川で水浴びをしてくれ。私たちはその間に食事の準備をしておくよ」

　５人とも意外と素直に聞いてくれた。まあ、少なからず恐怖しているのだろう。立場が逆なら私でも怖い。

「新たな住人の歓迎会だ。昼は豪勢にカレーといこうか」

「啓介さん、私たちもちゃんと殺《や》れますからね」

「ああ、わかってるさ。あの光景をしっかり見てたのも知ってる」

「じゃあ他の人が川に行ってるうちに？」

「いや、アイツらは何日かあのまま放置するよ」

「それでいいんですか？」

「大丈夫だ。殺るにしても、もっと弱らせないと危険だからな」

「ですか……。とにかく、私たちはいつでも大丈夫です」

　私は２人に頷いて返した。


　それからたっぷり3時間は経った頃、新規メンバーが戻ってきた。空気を読んだのか、単純に乾かしていただけなのかはわからない。ただ、しきりに穴のほうを気にしていた。

「おかえりなさい。ごはんの準備はできてますよ」

「おかえりー、今日は歓迎のカレーですよ！」

笑顔の人や真顔の人、表情はそれぞれだが、みんな久しぶりのお米やカレーには満足な様子。中には喜びで涙ぐんでいる人もいた。

軽く談笑しながら、もう食事も終わる頃に、新メンバーの1人が遠慮がちに聞いてきた。

「あの……穴の中にいる人たちって、これからどうなるんですか？」

「どうもこうもないよ。あのまましばらくは放置するつもりでいる」

「そ、そうですか……」

「ああ、別にすぐ排除するとか、みなに殺らせたりはしないから安心してね。さっきも少し話したと思うけど、自分と村人の安全が最優先だから。妥協はしないけどね」

やはりほかのやつらが気になっているようだ。水浴びの最中も、ずっとその話題で持ちきりだったんだろう。

「じゃあ、逃がした4人は？」

「あの状態では逃がしたなんて言えないよ。魔物に殺される未来しかないでしょ？　それにさ――。平気で次々と殺していく村長って、恐怖でしかないよね。そんなんじゃ信用なんて絶対に得られなくなる」

「たしかに、そうかもです」

「毎回そんなことしてたら、いつまで経っても村人が増えないからね。遅かれ早かれジリ貧で詰んでしまう」

一応の納得はしたようで、他の人もとくに異論はないように見えた。

「さあ、午後からは自由行動だから好きにしてくれていいよ。ただ、結界の外は危険だから十分注意してくれ」

新規組には村を自由に見てもらうことに。家の中についても、居間と椿たちの部屋以外は許可を出す。その間に私たちは、今後の予定を打ち合せたり、水魔法で穴の水を抜いたりしていた。

みなで夕ごはんを食べたあと、新メンバーには空いている部屋で寝てもらった。もちろん男女別々でだ。

5章　冬也と夏希

異世界生活11日目

朝、『5人』がリビングに集まり朝食をとっている。

「どうしてなんでしょうね」

「忠誠度がギリギリだったしな。村や家を見て、良からぬことを考えたんだろ」

「魔が差したってやつですか」

現在、ここにいる新メンバーは2人だけ。残りの3人は朝起きると自動追放されていた。外に出て確認もしたけど、既にどこかへ立ち去ったあとだった。

昨日、新メンバーの忠誠度を確認したとき、ある程度は予測していた。正直言って想定の範囲内だ。数値もギリギリだったからね。

「安全な場所を確保すれば心にも余裕ができる。そうなると欲も出るわな、人間だもの」

「20人に遭遇して、残ったのが2人だけとは……世知辛いですね」

「ああ、でもこうして2人は残ってくれたじゃないか」

残った2人にも安堵の表情が見える。

「冬也《とうや》と夏希《なつき》、今日から改めてよろしくな」

「任せてくれっ、ぁ、さい！」「頑張ります！」

「冬也、敬語じゃなくていいぞ。１人くらいそんなやつがいると、私も気が楽だしな」

「っ、わかったよ村長！」

冬也も夏希も、気持ちの切り替えは早いようだ。きっとこれが若さってやつなんだろう……。ちなみに２人ともまだ15歳らしい。

冬也は、いかにも活発そうな男の子って感じ。身長は年相応なのかな？　この年代なら、これからグングン伸びていくだろう。

夏希のほうは、ちょっと小柄でかわいらしい雰囲気。冬也とのやり取りを聞く限りでは、物怖じしないタイプなのかな？　とにかく明るい女の子っていう印象を受けていた。

「今から冬也と夏希に、ステータスの確認を行ってもらう。そのあとは全員で能力の共有をするからよろしくな」

「ステータス!?　やっぱりここは異世界だったのか！」

「冬也、気持ちは分かるけど興奮しすぎー」

そういえばこの２人、昨日もなんとなくソワソワしていた。ここが異世界だってことに、薄々感づいていたのかもしれない。

「冬也と夏希は、異世界ものに詳しそうだが……どうなんだ？」

「はい！　わたしたち、異世界系のアニメがキッカケで仲良くなったんですよー」

「２人は日本でも知り合いだったのか？」

「中学からの友達です。ここに来てからはずっと隠してましたけどね」

「ほお、いい判断だと思うぞ」

日本でも知り合いだったらしいが、転移するときに一緒にいたわけではなく、場所も離れていたそうだ。相変わらずこのあたりの事情は、全くもって不明なままだった。

冬也Lv２　村人：忠誠57　職業：剣士
スキル　剣術Lv１：剣の扱いに上昇補正がかかる。

「ホントに見れたぞ！　異世界すげえ！」

「その気持ちはわかるぞ、俺も興奮したもんさ」

「オレの職業は剣士か。スキルもまあ普通だな」

「冬也、勇者じゃなくて残念だった？」

「そんなの鍛え方次第だろ、問題ねーよ。それより村への貢献が第一だろ！」

「いや、貢献の前に……アンタの場合、まずは忠誠度でしょ？」

「くぅ……」

たしかに、現在の忠誠度は57か。まあ、よほど変な考えを起こさなければ大丈夫だろう、と思いたい。

「じゃあ次は夏希が見てみろよ」

「わかった。啓介さんいいですか？」

「ああ、やってくれ」

夏希Lv2　村人：忠誠60　職業：細工師
スキル　細工Lv2：細工や加工に上方補正がかかる。対象：木材、繊維

夏希の職業は細工師というものだった。

スキルを見る限り、何かを細工したり、加工するのに有効な能力のようだ。対象となる素材は木材と繊維だけだが、スキルアップとともに種類が増えていくと予想できる。

「細工師かー、なかなか良いスキルだよね。この能力は何かと便利そうだし、村の頼れる存在になっていくはずよ！」

「そういえば夏希、前の拠点で木の槍とか皿なんかも作ってたよな」

「簡単に木が削れたのはスキルのおかげだったんだね。理由がわかってスッキリしたー」

あの槍のような武器は夏希が作ってたのか。木の棒とか思ってごめん。

「そういえば2人はさ、スキルレベルが上がったときにアナウンスみたいなの聞こえたか？」

「いや？　ないぞそんなもん」

「わたしもないなぁ」

「そうか、ならいいんだ」

冬也と夏希のステータス確認が終わったあとは、初期メンバー3人のスキル情報を共有してお披露目会は終了。途中で桜が見せた水魔法に、2人とも目を輝かせていたのが印象的だった。


冬也と夏希のステータス確認からしばらく――。

私は冬也と2人で、片桐がいる穴の前に立っていた。

ここに放置はできないため、引き上げて森の奥に運ぶ予定だ。穴に向かおうとしたところ、冬也が手伝いを申し出たので、護衛も兼ねてお願いした。

「オレは剣士だからな、いつか絶対やるべきときが来ると思う。こういうことに慣れるためにも手伝いたい」

「ああ、間違いなくお前にやれと指示するときが来る」

冬也は真剣な顔つきで頷いていた。

事を済ませて村に入る前、穴の中にいる10人を覗いてみる。何人かはまだ騒いでいたが、その声に昨日のような覇気はない。助けを乞う者もいたが、無視してそのまま村に戻る。

家のほうに向かうと、女性3人が庭で忙しそうにしていた。どうやら昼食の準備をしているようだ。アイツは森へ捨ててきただけで、そんなに手間はかけてないと思ったけど……。いつの間にか時間が過ぎていたらしい。

「おかえりなさい。お昼なんですけど、お米は炊きます？」

食事に米を出すかは毎回私が決めていたので、椿が確認のために聞いてくる。正直なところ、かなり目減りしてきている。村人も増えたことだし、今回は見送る選択をした。

「昼はやめて夜に出そうか」

「はい、節約しないとですしね」

「米か麦が作れればいいんだけど……。ないものねだりしてもしょうがないよな」

深刻になってきた主食問題。どうにかしたいと思っていたとき、隣にいる冬也が何気なく言い放った。

「なあ、村長の家に玄米はないのか？」

「ん？　たぶんあるけど……もみ殻は付いてないからな。無駄だと思うぞ？」

何か勘違いしてるのかと思っていると、

「いや、もみ殻がなくても発芽するぞたぶん。動画では収穫までやってたの見たし」

「え？　マジで？」

「何だったかな……。もみ殻が付いていないと、発芽する前に腐りやすいとか言ってた気がする。でもちゃんと育ってた」

「おいおいおい！　大手柄だぞそれ……」

勘違いしてるのは私のほうだったらしい。脱穀したら発芽なんてしないと思ってたよ……。

精米してなきゃいいってことか？

「異世界系の話でさ、日本にあったものを再現してるのがあるだろ？　ああいうの、実際どうやるのか気になってさ。いろんな動画を漁ってた」

「いやはや冬也くん、早速出ましたね。俺なんかやっちゃいました？」

「こういうのだったら大歓迎だけどな」

「なんかえらい言われようなんだけど？　まあ、貢献できたんなら良かったよ」

「マジで嬉しいよ。冬也ありがとう」

「マジメに言われると、それはそれで……」

照れ笑いする冬也に記憶を辿ってもらい、椿を中心にさっそく挑戦することになった。

もしかすると米が作れるかもしれない。ほかの作物にしたって、何か見落としがある可能性も——。

（この際だ。手当たり次第に植えてみよう）

異世界生活12日目

今日は水路を作る班と、木を伐採する班とで別れて作業をしている。

水路班は椿と桜と夏希、伐採班は私と冬也が担当だ。お互いが目の届く範囲で作業するので、何かあってもすぐに対処できる。

水路については、高低差の関係で、家までは引くことはできない。が、あくまで農作業用として利用できれば十分だ。飲み水や生活用水は桜の水魔法がある。

伐採した木は、トイレの囲いと水路用の資材として利用する予定だ。現在のトイレも大自然に囲まれ開放的だが……誰かに見られているようで、なんとなくスッキリしない。人数も増えたので、早めに取り掛かりたかった。

「しっかし冬也、器用なもんだな。単純な力の差なのか、剣術スキルの恩恵なのかはわからんが——鉈でここまでやれるとはな」

「鉈も剣のカテゴリーなのかもな。鉈を握るとさ、やたら手に馴染む感じがするんだよ」

うちには斧がないので、鉈を使って伐採していたんだ。けど、私では1本倒すだけでも相当な時間がかかってしまう。それを冬也がやると、たった数回の打ち込みで倒してしまうのだ。

木の太さはそこまでじゃないにしろ、かなり早いペースで作業が進んでいた。

木と木の間隔が割と密集しているので、切り倒しても枝に引っかかって完全には倒れない。それを冬也が強引に引っ張って引きずり出す。

昼になる頃には、50本の伐採と枝打ちも済ませていた。水路組も早い段階で素掘りが終わったので、トイレ用に建てる支柱の穴も掘ってもらった。

「そろそろ昼にしようか。みんなで戻るぞー」

「はーい！」「お腹すいたー」


今日は午後からも作業の予定なので、昼食後に休憩を取り、再び川へと向かう。トイレの完成はみんなが切望している。誰1人として不満を漏らすやつはいなかった。

川岸ギリギリのところに木の柱を建て込んでいく。その周りの土を突き固めて、支柱のぐらつき具合を確認する。最後に板張りを固定して完成だ。所どころ歪なところもあるが、囲い付きの立派なトイレである。

「これで気兼ねなく出せるな」

「言い方はともかくとして、たしかに安心できますね」

「こればっかりは、異世界だろうと恥ずかしいですもんねっ」

「『おっしゃる通りで』」

予定の作業がすべて完了したあとも、しばらくは川原で休憩をしていた。ちょうどいいタイミングかと思い、放置しているやつらの処遇について話すことに——。

「みんな、聞いてくれ。明日の朝、穴にいる10人を森の奥へ捨てに行く。間接的だとしても、他人の命を奪う行為だ。決して強制ではないが、運ぶのに参加するかを考えといてほしい」

椿と桜はさも当然という顔をし、冬也は黙って頷いた。夏希は少し狼狽えている感じか。

夕飯の準備中、椿と桜が、夏希と何やら話しているのが見えた。上手にケアしてくれたみたいで、夕食時には夏希も普段の調子に戻っていた。

異世界生活13日目

明け方、私1人で穴を確認しに行く。

放置して丸3日、穴にいる10人は言葉も発せずにへたり込んでおり、半数以上は意識が朦朧としているように見える。息絶えているかまではわからないが、体力的には限界に近いのだろう。

（……頃合いだな）

朝食を軽く済ませてから、全員で穴に向かう。

夏希もしっかりと参加の意思を示していたので、まあ何とかなるだろう。今後のことを考えれば、未成年だからといって過保護にするつもりはない。

「私1人が穴に降りてロープで固定する。みなは引き上げを、冬也は周囲の警戒を頼むぞ」

「なぁ、やっぱオレがやろうか？　村長に何かあるとまずいだろ」

「いや、魔物に襲われるほうが危険だ。ほかの転移者も含めて警戒を頼む」

「わかった。任せてくれ」

慎重に穴を降りる。

武器を隠し持っていたり、動けないフリをしている可能性もある。警戒を怠らないようにして、1名ずつ入念に確認していった。——が、動ける状態の者は誰1人いなかった。

結局、穴の中にいた全員を2回に分けて運んだのだが……。途中、魔物の襲撃もなく事を終えることができた。所持品をどうしようか迷った末、全て私の指示で回収しておいた。

「村長、あそこにあった片桐の死体、なくなってたな」

「残骸もなかったたし、魔物が連れ去ったんだろうな。そのうちほかの連中もそうなるだろう」

「ふぅ……、ようやくこの一件も終わりましたね。不謹慎かもですが、正直ほっとしてます」

「みんなご苦労さま。さあ、村に戻ろう」

と、自分の気持ちにも区切りをつけ、村に帰ろうとしたときだった――。

唐突に、アナウンスが頭に響く。

『ユニークスキルの解放条件【初めての防衛】を達成しました』

『能力が解放されました』

『敷地の拡張が可能になりました』

村を守ったということだろうか。新たな能力が解放され、今回は敷地も拡げられるようだ。

何はともあれ、こうして村の初防衛は終結を迎えた。


村に戻った私たちは、ステータスの確認を行っていた。私も早く確認したくて、表には出さないがずっとソワソワしている。

「そういえば啓介さん。片桐を殺ったとき、レベルは上がらなかったんですよね？」

順番待ちをしていた桜がそんなことを聞いてきた。

「ああ、私もそれが気になって確認してみたが、変化はなかったよ」

「転移者を殺すと経験値が大幅にアップする、とかのパターンではなさそうですね」

「相当数の転移者がいそうだし、それだと危なかったな」

「ここにも襲撃がありましたし、当然ほかでも……殺し合いはあるでしょうね」

大量殺戮者がどんどん強くなる世界、そんなの迷惑極まりない。

現在、椿と桜がレベル3、冬也と夏希がレベル2となっていたが、スキルのほうは変化がなかった。椿と桜に関しては、ここ数日の罠ゴブ狩りで1つ上がっている。あとは、冬也と夏希の忠誠度も順調に上昇していた。

最後に私の番となり、待ってましたとばかりに画面を見やる。

啓介Lv3　職業：村長　ナナシ村　☆
ユニークスキル　村Lv4（4／50）：『村長権限』『範囲指定』『追放指定』『能力模倣』〈New〉
村人の所持するスキルを1つだけ模倣して使用できる。1日1回のみ変更可能。※効果半減
村ボーナス
☆豊かな土壌：村内の土壌品質に上方補正がかかる。作物が病気、連作障害にかからない。※解放条件：初めての収穫

「「チート能力キター！」」

「おい、ずるいぞ村長！」

桜と夏希が口を揃えてそう言った。冬也は羨《うらや》ましそうにしている。

「効果半減とはいえ……チートの一角、コピー能力ですか！」

「さすがはユニークスキルだよねー」

2人が言うように、効果が半減だとしてもすごい能力だ。村人の所持するスキル限定ではあるけど、やれることが格段に増えるのはありがたい。

「っと、まずは順番に確認していこう」

私を含め、みなが興奮気味なので一旦区切る。

「村ボーナスの増加はなし。村人の最大数は20から50に増えてるな。今回は敷地も拡張できるみたいだ」

「じゃあ、あとで外へ行きましょう」

「そうだな。そして能力模倣か。1日1回しか変更できないから、よく考えて設定しないといけないいな」

「肝心なときに使えないのでは、宝の持ち腐れですしね」

スキルの確認を済ませたあと、村の拡張がどれくらいなのかを調べにいく。はやる気持ちを抑えつつ、全員で外に出て結界のきわまで向かった。

「啓介さんの生存率が上がって、本当に良かったです」

隣を歩いていた椿がそう言ってくれた。それに続いて桜も――、
「啓介さんが死んじゃうと、たぶん結界も消えそうだしね」
「最悪、家すら消えるかもな」
「あの、私が言いたかったのはそういうことじゃ……」
「わかってるよ椿、ありがとう」

農業区画に到着したところで、さっそく敷地の拡張を念じてみる。前回同様、結界が点滅しながら拡がっていくと――、初めて目にする冬也と夏希がその光景に驚いていた。

既にある敷地と、新たに拡がった分を合算すると、総面積は1万平方メートルとなった。長さに換算すると100メートル×100メートルの広さだ。

どうするか悩んだ末、南北に50メートル、東西200メートルの長方形に決定。自宅が、東西の中心よりやや西よりに位置している状態だ。

横長の長方形の、中心から西側を居住区、川に近い東を農業区とする。川付近の視界を良くするために、対岸側も10メートルほど占有することにした。

「それじゃあ、敷地を固定するぞ」

改めて見渡してみるが、これだけ広いと、かなり村っぽい感じになってきた。まあ、家は1

軒しかないんだけど……。

「東側の農地はどんな感じにしますか」

「椿はどうしたい？」

「そうですね、今ある畑を野菜区画のまま残して、その北側を稲作用の田んぼにする。という感じでしょうか」

「それが良さそうだ。ところで、肝心の発芽状況はどう？」

「まだですね。試して2日しか経っていませんし、もう少し様子を見ましょう」

「水には浸してあるんだよね？　例えばだけど、椿が耕した土を入れてみてはどうだろうか」

「なるほど、いくつか小分けして試してみますね」

村ボーナスの『豊かな土壌』、それに椿の『農耕スキル』、これらの効果が出てくれるかもと提案しておく。

「じゃあ、昼からは自由行動にしよう。結界外での行動は複数でやること、監視役は必ず付けるように」

「はい」「りょうかいっ」「はーい」

昼休憩をしたあと、自由行動となった私は冬也のところに向かった。剣術スキルのコピーを頼むためである。

「冬也、コピーの効果を試していいか？」

「いいよ。模擬戦でもするつもり？」

「いや、伐採作業に使おうと思ってな」

冬也も伐採に行く予定だと言うので、一緒に森へと向かう。現地に着いて早々、剣術スキルをコピーして、鉈を何度か振ってみる。

「なるほど、これが手に馴染む感覚か」

「な？　なんとなくわかるだろ？」

表現するのは難しいが、鉈の重さを感じるのに感じない、自然に迷いなく振れる感覚だった。

冬也はこの倍もの感覚なのかと思うと、スキルの効果は相当に高いんだとわかる。実際に木を切ってみても、明らかに昨日より早く倒すことができたし、疲労も少なかった。

その後も交代で伐採を続けていくと、猪の魔物が襲ってきたが……2人であっさり倒せた。

効果半減でも、剣術スキルの効果は大きいと実感したのだった。結構な量の伐採をしたので、日が暮れる前には水浴びを済ませ、猪の肉をみやげに家へと戻る。

異世界生活15日目

それから2日後の朝、顔を洗ってリビングに行くと、椿から待望の報告があった。

「啓介さん、ついに発芽を確認しました！」

「おお、やったな！　これで主食確保の目が出てきたね」

冬也の話だと、もっと時間がかかるらしかったが……4日目にして玄米からの発芽に成功した。芽が出たものから土に移し替えて苗づくりに移行する。

「これで田作りを進められるな。今日からしばらくは全員で取り掛かろう」

「割り振りはどうしますか？」

「んー、椿は田作りを頼むよ。桜と冬也が水路担当、夏希と私は水路用の板材を加工しよう」

分担を決めて各自の作業に取り掛かっていく。私と夏希も、木材集積場で細かい打ち合わせをしていた。

「私が杭の先付けをするから、夏希は板材をお願いしていいか」

「はい、厚みとか長さはどうすれば？」

「厚みは3センチ、長さは気にしなくていいよ。設置するときに調整しよう。あ、余裕があれば1センチのも頼むよ。作業場の屋根を補強しておきたいんだ」

「お任せあれ！」

夏希の細工スキルは木材の加工にも効果がある。自在に、とまではいかないが、材木を板状にするくらいは余裕だった。

ノコを引くと刃がスルっと入る感じで全く抵抗がない。しかも真っすぐ断面もきれいに切れていく。なんなら鉈でもいけてしまうほどだ。夏希曰く、溶けかけのバターを切る感覚らしい。

唯一の問題点といえば、加工した板材の運搬くらいか。まだレベルが低いからなのか、少し重いみたいだ。

そして今日判明したことがもう一つ。それは、細工スキルの効果が伐採作業には適用されないことだ。あくまで、素材に対しての加工や細工に適用されるもので、生えている木には何の補正も働かなかった。

それから全員で作業すること5日、ようやく田んぼと水路が完成する。

一応カタチにはなっているけど、これで合っているかはわからない。あとは『豊かな土壌』の効果で上手くいくことを願う。

◇◆◇◆◇

獣人族領　ケーモスの街　領主館にて

今から15日前、我がケーモスの街中に突如として人族が現れた。

その日の昼過ぎには千人を超え、街中が大混乱に陥ったのだ。住民や衛兵の供述によると、なんの予兆もなく、突然目の前に沸いて現われたらしい。

そのほとんどは黒髪に黒目であり――、物語に登場する異世界人と酷似していた。

その昔、何百年か前に転移してきた3人の異世界人。彼らのことは、物語として知っている者は多い。だがしかし、この数は何だというのか……。

今日までの15日間、街の外からも次々と現れ、その数はさらに増していた。日々訪れる人数は減ってきたが、今もまだ続いている。幸いにして、彼らの気性が穏やかなこともあり、比較的容易に一時保護できたのが救いだった。

「領主様、首都ビストリアの議会から指令書が届きました」

7日前の通達に続き、2度目の指令がようやく来たようだ。執事のゼバスが封書を渡してくる。

我が獣人族領は、様々な獣人が集まってできた連合国だ。中央の連合議会が全ての政策を取り仕切っている。主要な街ごとに領主を置き、統治させている。かくいう私もその1人だ。

我がケーモス領は、連合国の南東に位置する。南は海に面し、東は『大森林』と隣接している。ここ何十年と大規模な戦争はないが、大陸北部の人族領とは敵対関係にあった。我が領は最も南に位置しており、人族との抗争とは無縁なのが幸いだ。

そんな中で、突如として人族が街中に現れたのだ。その対処について、議会からの続報を待つしかない状態だった。

「なるほど、やはり異世界人で間違いないようだ。ほかの街でも同様の現象が起きている、か」

議会からの指令書には、次のような内容が書かれていた。
1．連合国は、異世界人を保護し定住を許可する
2．戦力となり得るスキルを所持する者は、軍への加入を条件に好待遇を約束する
3．犯罪者及び反抗する者は、身柄を拘束し首都まで連行すること
4．協力的な者には優先して住居や仕事を斡旋。その際、領主権限で十分な支度金を与える
5．引き続き、全ての異世界人のスキルを調査し、得た情報の一切を議会へ報告すること
6．連合国に危害を及ぼす可能性のある人物、およびスキル保持者は、領主権限で拘束、または処断を許可する
ほかにも細かい指示はあるが、大枠ではこんなところだろう。ようするに、人族に対する戦力として確保しろ。逆らうものは殺し、人族側の戦力とはさせるな、逃がすな、と――。

「まぁそうなるか……。なにせ異世界人は全員がスキルを所持し、よくわからん『職業』なるものを持っているのだからな」

「領主様、いかがなされますか」

「異世界人は丁重に扱えとのお達しだ。反抗する者は遠慮なく捕らえて首都へ移送しろ」

「畏まりました」

「私もすぐに兵舎へ向かう。保護している異世界人たちと面会できるよう準備しておけ」

獣人族領　首都ビストリア　中央連合議会　議事堂にて

「では、本日の臨時議会を始める。議題は言うまでもなく、異世界人についてだ」

連合国家の首都ビストリアにある中央連合議会では、各種族から選出された12名の議員により、連日の会合が行われていた。

「まずは、現時点における異世界人の人数から――」

報告書に目を通すと、首都ビストリアに約9千人、5つの主要な街を合わせて約8千人、合計で約1万7千人とある。

「また増えているな。……いったい、どれほどの数が現れたというのか」

「勢いは減りましたが、まだ首都や街を訪れる者もおり、小さな村々にも滞在しているとありますね」

「昨日、人族領でも同様の現象が起きていると確定したわけだが……。さすがにその数までは把握できんか」

「それにはもうしばらく時間がかかるでしょう。ですが、大陸全土で起きていると想定した場合、国土の比率でいけば、我らの5倍はいると考えたほうがよろしいでしょうな」

大陸を東西に分断する『大山脈』、この西側だけが人類の生息領域だ。その南端に位置する2割にも満たない領土が、我ら獣人が暮らしている領域になる。

何百年にも及ぶ領土争いの末、今では生存域の8割以上が人族の領土となっていた。さすがに5倍というのは大げさかと思うが……、過小評価により国が蹂躙されては、それこそたまったものではない。

「となると当然、人族も異世界人を取り込むだろうな」

「遠からず、その戦力を利用して侵略してくるのは確実でございましょう」

「異世界人の数も重要だが、所持スキルの比率も考慮せねばならんぞ」

異世界人全員が所持するという、スキルの内訳に話題が移った。

剣術や槍術、魔法などの戦闘スキル所持者が約5割、農耕や畜産などの酪農関連が4割と続く。残りの1割は鍛冶や料理など、産業に関わるスキルを所持していた。

また、全体の1パーセントにも満たないが、忍術や医学、カリスマなんていう、聞いたこともないスキル所持者も存在している。

「戦力で言えばこちらが8千人、人族は4万人の増強か。……非常に厳しいな」

我ら獣人族領の連合軍は、全てかき集めても2万5千、冒険者ギルドへの強制依頼を見越しても、5千も増えれば御の字というところだ。

対して人族領は王国軍5万、各領の軍を合わせて5万、国や領の自治を考慮しても8万にはなる。そこに今回の異世界人が加われば……。

「「……」」

議員たちも、人族領との戦力差に出る言葉もない。

「まぁしかし、日本と言ったか。転移してきた異世界人は、みなそこの出身らしい。戦争もなく人殺しは禁忌とされる国、と報告にもあったな」

暗い空気を誤魔化すように話題が変わる。

「全ての者が戦力となるかは怪しいところじゃな。そこに活路を見出すか」

「ただ、争いを嫌うという割には、ダンジョンやら冒険者に興味を持つ者が多いとか……」

「やつらの国では、そういう冒険譚や英雄譚が流行りらしいぞ。異世界ふぁんたじー？　と言うらしい」

なんともよくわからん国だが……とにかく、上手く取り込まねばなるまい。

「さて、そろそろ具体的な施策について話そう。まずは食料問題についてじゃ——」

こうして、連日開かれる会合により、日本人たちの処遇が決定していくのであった。

6章　村周辺の調査

異世界生活22日目

片桐たち襲撃者の件が解決して、早くも9日が経過していた。

あれ以降、村に日本人が訪れることはなく、平穏で忙しい日々が続いている。今日も朝から田植えに精をだしており、そろそろ全てを植え終わりそうだった。

そんななか、今日は大きなイベント――、ジャガイモとサツマイモの大収穫祭を迎えていた。

家にある米は既に食べつくし、主食代わりの芋類は貴重な存在となっている。2日前から試し掘りをして成長具合は確認済み。そしていよいよ収穫の時がきたのだ。

豊かな土壌と農耕スキルの効果は絶大だった。芽が出始めてから、たったの2週間で収穫までこぎつけたのだ。日数からして、成長速度は10倍ほどだろうか。病気にもかからず、植えてからの手間がないのも助かる。

そんなわけで私と椿は、田植えをほかの3人に任せて、芋たちの収穫に挑んでいた。

「どれだけ獲れるか楽しみだなぁ」

「ええ、とっても」

自分で作ったものだし、その喜びも人一倍だろう。椿は笑顔で答えていた。

「よし、どんどん掘るぞ！」

「はい！」

椿が次々と芋を収穫していくのを横目に、私も負けじと農耕スキルをコピーして参戦する。

豊かな土壌で育てた芋は通常よりひと回りは大きく、獲れる量も2倍から3倍はあるようだ。

芋ずる式とはよく言ったもので、半端ない数の芋が引っ付いていた。

スキルを駆使して3時間、ようやく全ての芋を掘り終わり、日陰干しと保管を兼ねた屋根付きの作業場に運んでいく。夏希のおかげで、かなり大きな施設が完成している。

昼を前にして、ようやく運搬作業が完了。ドドーン！　と効果音がしそうなくらい、とてつもない量の芋がそびえている。

「予想以上の大収穫になったな」

「はい、ここに来て一番の充実を感じています」

「そうだな、椿には感謝しかないよ」

「私は啓介さんのお役に立ててます？」

なんて返すのが正解かわからないので、正直な気持ちを返す。

「最高に役立っている。私にも村にも、なくてはならない存在だよ」

「ならよかったです」

椿は満面の笑みで喜んでいるように見えた。

田植えから帰ってきた3人も、目の前に見えるおびただしい量の芋に驚愕していた。そのあとも全員で大収穫を祝い、喜びを分かち合うとともに椿に感謝と称賛を伝えていた。

異世界生活23日目

次の日の朝、恒例となったステータス確認をしていた。

冬也と夏希は、忠誠度こそ上がっているが、その他に変化はない。しかし、私と桜と椿の3人には、新たな変化が生じていた。桜と椿はスキルレベルが上昇し、私はなんと、新たな村ボーナスを獲得していたのだ。

桜Lv3　村人：忠誠95　職業：魔法使い
スキル　水魔法Lv3〈New〉：念じることでMPを消費して攻撃する。飲用可能。形状操作可能。温度調整可能。

「やっと攻撃魔法になりましたよっ！」

文面は短くシンプルになっているが、たしかにスキルの説明文には『攻撃』と表記されていた。普段の生活水や農場の水まきに加え、川での訓練が実を結んだのだろう。

「おお、毎日頑張った甲斐があったな！」

「これで私も戦力になれるはずです。しかも温度調整となれば、お風呂や氷だっていけるかもしれませんよ！」

「お、お風呂!?　すごいです桜さん！」

「桜さん最っ高ー！　あぁぁ、楽しみー！」

女性陣は、ちょっと狂気を感じるくらいに大喜びしている。もちろん私も嬉しいが――。

「ああ、もうダメっ。私、今すぐ確認してきますね！　すぐに戻りますから！」

そう言うや否や、外へ走って行く桜を誰１人止めることはできなかった。それからしばらく待ったが……、戻ってくる気配が一向にないので、椿のステータス確認を始める。

椿Lv３　村人：忠誠90　職業：農民
スキル　農耕Lv３〈Ｎｅｗ〉：土地を容易に耕すことができる。農作物の成長速度を早める。農作物の収穫量が増加する。〈Ｎｅｗ〉

ステータスを確認した椿が黙ってこちらを見つめている。まあさすがの私も理解している。

これは忠誠度が90の大台に乗ったことのアピールだろう。

「ついに90か。ありがとう、私も嬉しいよ」

そのひと言を聞いた椿は、とても満足した表情で話し出した。

「収穫量の増加は良いですね。昨日の大収穫が引き金でしょうか」

「その線が濃厚だね。今後の収穫も期待が持てそうだ」

「椿さんは村の救世主ですね！　オレ、すごく感謝してます！」

「わたしも！」

「私だって、冬也くんや夏希ちゃんには感謝していますよ。これからもよろしくね」

「「はい！」」

微笑ましいやり取りを横目に、自分のステータスを確認してみる。

啓介Lv3　職業：村長　ナナシ村　☆☆〈New〉
ユニークスキル　村Lv4（4／50）：『村長権限』『範囲指定』『追放指定』『能力模倣』
村ボーナス

☆豊かな土壌：村内の土壌品質に上方補正がかかる。作物が病気、連作障害にかからない。※解放条件：初めての収穫
☆☆万能な倉庫〈Ｎｅｗ〉村内に倉庫を設置できる。サイズは村人口により調整可能（品質劣化なし）※解放条件：初めての建築と備蓄

村名称の下にある☆マーク。今まで1個だったのが2個に増えている。とくに意味はないが、なんとなくガチャのレア度みたいだなと思った。

「万能倉庫か。随分と都合のいいタイミングで来てくれたもんだな」

口ではそんなことを言っているが、内心では小躍りしながらめちゃくちゃ喜んでいる。もちろんみんなには内緒だ。

「え、そんなの今さらだろ。村長のスキルは全部そんなのばっかじゃん」

「ユニークスキルなんだし、まあこの程度はあり得るよね」

なかなかに辛辣な物言いの若者が2人……。

「いえ！　これは素晴らしい能力ですよ。食料の備蓄が可能となれば、生活にもかなりの余裕が持てます！」

（そうそう、こういう反応を待ってたんだよ）

椿の言葉に気を良くして考察を進める。

品質が劣化しないのは非常にありがたい。作りすぎても食料がダメにならないし、生肉の保存もできる。大きさにもよるが、これでどれだけ量産しても無駄にならなくなる。あとはサイズ調整ができそうなので、そのあたりを実際に試してみたいところだ。

「よし、さっそく外で確認してみよう」

「啓介さん、楽しみですね！」

「おうよ！」

みなで庭に出ると、スキルの確認を終えたのだろう桜が戻ってきた。

「啓介さん、だいたいは把握しました。今回はなかなかエグいですよー！」

興奮している桜の話はこうだ。

魔法には十分な殺傷力があり、ＭＰを多めに使えば威力も多少向上するらしい。森の木を目標に試したところ、ウォーターボールは木を大きく揺らし、ウォーターアローやバレットは、貫通とまではいかなくとも、木に穴をあけるほどの威力がある。

高圧水流のウォータージェットに至っては、一瞬では無理だが、少しずつなら木も削り倒せるほどの威力があると、嬉しそうに語っていた。

一方、温度については、凍る直前くらいの冷たい水から、沸騰直前の熱湯までの範囲で調整できるようだ。凍らせたり蒸発させたりについては、今後も訓練を重ねて研究していくらしい。

「というわけで、これからは戦力としても扱ってくださいねっ」

「ナナシ村の最強魔法士よ、今後ともよろしく頼むぞ」

「ハッ、お任せください村長！」

「うむ、桜の異世界ファンタジーが始まって良かったな」

「やっとですよぉ、このために毎日頑張った甲斐がありました！」

私と桜でそんなロールプレイをしていると、椿と夏希が口を揃えて、

「『桜さんお風呂は？』」

「大丈夫、バッチリ毎日いけるよ！」

「『！・！・！』」

歓喜している女性陣は、その後もしばらく緊急会議に突入してしまった……。議題は言うまでもなく風呂だ。

「……えっと、そろそろ私の検証に入ってもいいだろうか」

風呂より倉庫のほうが重要だろ？　などとは口が裂けても言わないが、意を決して話しかけ、桜にも新たな村ボーナスについて説明した。

「コピーに続いて疑似アイテムボックスとは、さすがはユニークスキルですね」

「容量制限はあるし、持ち運びはできないけどな」

「村にいる限りは問題ないですよ。早く見てみたいです」

ホントかよ、と思いながらも、さっそくイメージをしてみる。サイズ変更が何度もできるのかは不明なため、まずは最大の広さをイメージした。

目の前に出現した倉庫は、高さ10メートルで、広さは5メートル×5メートルだった。見た目はなんてことのない普通の木造倉庫に見える。

「現在の人口×1メートルが上限みたいだな」

「随分と縦長に見えますね」

「まあ今はそうだけど、人口が増えて横幅が拡がれば気にならないさ」

場所をどうするか話し合った末、家の北側に設置することになった。

ここなら畑にも近いし、ちょうど良いと思ったからだ。他にもいろいろと検証した結果、形は四角で固定のようだが、サイズ変更はいつでも可能だった。

倉庫を設置したあとは、案の定、風呂祭りに突入する。家の浴槽を使って、久しぶりのお風呂をみんなで堪能した。

ちなみに、昼前には女性陣から入りだしたのだが、私と冬也の順番が回ってきたのは、日もとっぷりと暮れた頃だった——。

異世界生活24日目

久しぶりの風呂を堪能した翌日、私と夏希は、屋根付き作業場の改造をしていた。朝からせっせと木材を加工して、周囲から見えないように目隠し板を設置している。

新たな村ボーナス『万能倉庫』を設置したことにより、食料保管用として建てた作業場が無駄になってしまった。その話が出たときに、「じゃあ露天浴場にしちゃいましょう」と、桜から提案があったのだ。

昨日は浴槽のお湯を何度か入れ替えながら入ったのだが、排水管が繋がっておらず、お湯の排水は桜の水魔法操作に頼るしかなかった。

水の操作自体は問題ないのだが、風呂場の小窓からお湯を外に出し、さらにそこから森のほうまで浮かべながら運ぶ……。さすがに、毎日これでは手間がかかりすぎる。

そこで、「作業場なら屋外だし、森も目の前なのでちょうどいい」と、女性陣の総意で風呂場の移設が決まった。

「ふー、だいたいこんなもんですかねっ」

「いいんじゃないか？　浴槽はこじんまりしてるくせに、空間だけは無駄に広いけどな」

木組みで浴槽を作る技術があるはずもなく、家に取り付けてあったものを半ば強引に外して運んできている。

「露天風呂みたいでいいと思います！」

「そんなもんか？　まあ満足してるなら良かったよ」

夏希と一緒に作業場改め浴場の片付けをしていると、万能倉庫の整理をしていた椿が戻ってきた。

「おー、完成したんですね。素晴らしいです！」

「ああ、そっちはどうかな」

「はい、こちらも倉庫への移動が全て終わりました」

椿には、収穫した芋や野菜の移動をお願いしていた。途中、テキパキと運んでいるのを何度か見かけていたが、随分な量があったので大変だっただろう。椿本人は、「お風呂のためなら何の苦もありません」と言い放っていたが……。

「ご苦労さま。桜と冬也もそろそろ帰ってくる頃だと思うからさ、昼の用意をして待とうか」

実は昨日、長い長い入浴タイムの合間に桜と冬也から提案があった。

レベルアップと狩りを兼ね、結界外の探索を申し出てきたのだ。転移者や現地人との遭遇、魔物の脅威や未知の環境など、死に繋がる危険があることも十分承知したうえでの提案だった。

私自身もいつか外に出なければと考えていたので、食料生産の目途が立ったこのタイミングは悪くないと思った。

何より私たちの中で、探索するのに最適な人材は桜と冬也なのも明白な事実。結局、人と遭遇したときはすぐ逃げること、昼までに戻ることを条件に許可を出した。

そして昼頃、桜と冬也が森の探索から戻ってきた。見た感じは怪我もなさそうだし、元気いっぱいなので安心する。

「村長、帰ったぞー」「ただいま帰りましたー」

「おかえり、昼の用意はしてあるよ」

揃って昼食を食べながら、２人に今日の成果を聞いてみる。

「今日は村の北側を探索しました。戦果はゴブリン４匹と大兎が１匹、大猪が２匹です」

「動物も何種類かいるのを確認したぞ」

「そいつらが魔物じゃない根拠は？」

「気づかれてすぐ逃げられた。仕留めてみないとわからんけど、たぶん魔物じゃないと思う」

「逆に襲ってきたのは全て魔物でしたね。で、これが今日の戦利品です！」

ドンッとテーブルの上に置かれたのは、小さな魔石が数個に肉の塊が数キロ、他にも大小の牙や猪の皮、少し錆びたナイフも一本あった。

「ゴブリンの腰蓑は捨ててきましたよ。異様に臭いので」

「それでいい。戦利品はあとで倉庫に保管しといてくれるか？」

「あ、桜さん、オレがやっときますよ」

「しかし半日にしては、案外たくさんの魔物と遭遇したんだな」

「そうですね。ゴブリンは2匹ペアが2回、他の魔物は単独でした」

「戦力的には問題なかったのか？」

「余裕をもって対処できるレベルですね。もちろん油断はしてませんよ。あ、あともう一つ報告が……、転移者がいたと思しき痕跡がありました」

頷いて続きをうながす。

「人数は4～5人でしょうか。衣服はズタズタに喰い破られていたので回収してませんが、明らかに元の世界のものです」

「そうか。大概もう死んでるだろうけど、生き残りもいると思って明日からも頼むよ」

「わかりました」「任せてくれ」

（やはり相当数の転移者が来ているな。上手いこと村人にできるといいんだが……）

「明日は南側の探索をしてくるよ。オレたちがいた拠点と……放置したアイツらも見てくる」

「ああ、よろしく頼む」

異世界生活29日目

探索を開始してから7日が経ち、だんだんと周辺の状況や生物の生態などが判明してきた。

今はみんなで集まり、桜がまとめてくれたメモを確認しているところだ。

◇生息している生物：シカ　猪　サル　ヘビ　川魚　カエル　鳥類　昆虫類
◇周辺の魔物：ゴブリン　大兎　大猪　狼　大ガエル　大蜘蛛　オーク
◇魔物が落とすもの：魔石（小豆サイズからビー玉サイズ）※共通　肉（200グラム〜2キログラム）　棍棒　ナイフ　小鉈　腰蓑　牙　爪　皮　毛皮　糸
◇周辺の地形（周辺8キロメートル圏内）
北　川が上流に続き、絶壁の山が見えた。
南　川は蛇行せず真っすぐで、川幅も同じ。
西　森以外に特徴なし。
東　川向こうにオークを確認。※東はオークがいたため、1キロメートルで探索打ち切り。
◇転移者や現地人：集落は発見できず。日本人の痕跡は、北で3か所と南で4か所、東はナシで西に2か所。※いずれも転移者と推測　※遺体発見なし、生存者なし。
◇収集物：衣類　カバン類　腕時計　スマホ　ライター　鍵　ペットボトル　包丁など

「ほとんどは昨日までの報告通りだね」

「ですね。今日探索を始めた東の様子が更新されたくらいですかね」

「オークの特徴について教えてくれるか？」

ファンタジーと言えば定番のオーク。それがいったいどんな容姿なのかは気になるところだ。

「体長は2メートル程度で太った短足、動きは遅いです。接敵してないので戦闘に関しては不明です」

「ファンタジーによく出てくる見た目と思っていい感じかな？」

「でっぷりとしたエロオークそのものでしたよ。体色は灰色でしたけどね」

「なるほどな。あと気になるのは転移者関係だけど」

「今日は見ませんでしたが、森全体に散らばっている印象ですね」

転移者のいた痕跡が、この範囲でも9か所見つかっている。

「この周辺だけの限定転移ならまだしも、広域だとすると、何百何千単位の人数になるんじゃないか？」

「この世界の広さ次第では、もっと大勢が来ている可能性もありますね」

「案外、日本人全員来てたりして……」

桜の返答にポツリと呟く夏希、すぐに冬也が否定する。

「それにしちゃ、子どもの服は一つもなかったし、年齢的な制限があるのかも」

「たしかに、冬也の言うとおりかもしれん。……っと、他に何か意見あるかな」

「あ、そうだ。意見ていうか、探索での印象なんだけどさ」

冬也はまだ気になることがあるようだ。

「オレの印象だと、西のほうは魔物が少ない感じがした。そのぶん動物は多かった気がする」

「あー、私もそんな感じがしますね」

冬也に続いて桜も同意している。探索に出ていた2人が感じたとなれば、それ相応の確度があるだろう。

「そうか、逆になんか怖い気もするな」

「そうですか？　魔物が少ないなら、そのぶん安全でいいのでは？」

「いや、少ない理由がわからないのが怖い、ってことな。とくに根拠はないよ」

「でしたら、あまり奥には行かずに、近場から慎重に探ってみましょうか」

「……そうだね、あくまで慎重に頼むよ」

少し悩んだが、探索は2人に任せているので桜の意見を尊重した。東にいたオークも気になるところだけど、ひとまずは西の森を重点的に探索することになった。

7章　初めての現地人

異世界生活30日目

昨日、なんちゃって露天浴場が完成。環境整備も一歩ずつだが着実に前進していた。

転移してから今日までの間、日本では考えられないことがいろいろあったが……なんだかんだ生き残っている。飲み水や食料生産、トイレや風呂などの衛生問題も、とりあえずは何とかなった。欲を言えば、衣服と寝具をどうにかしたいところだ。

大蜘蛛が落とす糸も、日本の綿糸に近いし丈夫なんだが……、いかんせん加工する道具と技術がない。以前、夏希が挑もうとしたけれど、そもそもの加工手順がわからない。「せめて専用の道具でもあれば……」と悔しがっていた。

(まあ、生きてるだけでも御の字か)

そんなことを考えながら、椿と田畑の手入れをしている。

「啓介さん、稲の刈り取りですけど、３日後にはできそうですよ」

「いよいよか。また米が食べられると思うと待ち遠しいよ」

「そうですね。――ところで、脱穀《だっこく》とか精米のほうはどうするんですか？」

「木製の千歯《せんば》こきは2台作ってあるけど、もみ摺りと精米はなぁ……。しばらくは杵と臼でつくしかないね」

冬也に聞いて精米機の構造はわかるんだが、動力がないのでお手上げだった。「こんなとき風魔法でもあれば……」なんて、ないものねだりをしても仕方がない。

「とにかくやってみましょう。そのうち良い案が浮かぶかもしれません」

「そうだな。夏希に杵と臼の製作を頼んでくるよ。ここは任せてもいいかな」

「はい、いってらっしゃい」

椿と別れて木材集積場の近くまで行くと――、

黙々と作業をしている夏希を発見。彼女の周りにはたくさんの武器が転がっている。一見すると、木の槍とか盾のように見えた。

「なあ夏希……こんなに作る必要ある？」

「村長、何かあってから慌てても遅いんです。備えあれば憂いなし！　何かに使えることだってあるかもです！」

夏希にそう言われて反省する。

「そうだよな、私が浅はかだったよ。夏希の意見が正しい」

「まあ、スキルレベルを上げたい！　ってのが一番の理由ですけどねっ」

夏希はヘヘッと笑いながら答えている。冗談ぽく濁していたが、彼女なりにしっかり考えたうえでの行動なんだろう。思わず感心していた。

「あのさ、稲の刈り取りが3日後の予定なんで、杵と臼を2組ほど作ってほしいんだ」

「大きさとか形状は？」

腕力も上がっているので使いこなせるだろうと考え、日本の記憶にあるものよりも、少し大きめなサイズを夏希に注文する。

「じゃあ、あそこにある一番太い丸太を使ってもいいですかね」

「ああ、夏希の判断で自由にやってくれ。頼りにしてる」

「はい！　お任せあれ！」


その日の昼頃、冬也と桜が探索を終えて戻ってきた。

――のだが、いつもとは様子が違った。少し慌てた感じで全力疾走してきたのだ。

「村長！　現地人らしい集団を見つけたぞ！」

異世界に来て1か月。この日初めて、現地人の存在が明らかとなった。

興奮した2人を落ち着かせ、ゆっくりと状況を説明させる。

「ふー、もう大丈夫です。現地人の数はおよそ15人。大人がほとんどで、小さな子どもが3人いたと思います。村から西に2時間ほどの距離にいました。ゆっくり歩いての時間なので、距離的にはそう遠くありません。今は村の方角にゆっくりと向かっています」

結構な人数の集団が、ここからかなり近い場所にいるようだった。しかも――、

「それと、現地人は獣人でした！」

「兎っぽい耳としっぽが生えてたぞ！」

なんかまた興奮しだした。気持ちはよくわかるが、今はもう少し冷静になってほしい。

「そうか、それで敵対的だったか？　武装とか格好なんかを教えてくれ」

「えっと、接触してないので敵対的かはわかりません。武装は、何人かが槍や弓なんかを持ってましたね。ただ……全員、疲れ果てた表情をしていました」

「なるほど、２人ともお疲れ。まずは休んで食事にしてくれ。村には結界があるから、ここへ来たとしても大丈夫だ」

昼食の最中も、みんな獣人の話で持ち切りだった。私は敵対行為が心配で、いまいちそんな気分になれないが……。

やがて昼食も食べ終えたので、今後の対応を説明していく。

「この件をどう対処するか、私の考えを話すから、みなも意見を出してくれ。反対意見でも遠慮なく言ってほしい」

一同が頷いて返す。

「まず、現地人が襲撃してきた場合、こちらも全力で排除する。徹底的にやるぞ。そうではなく、庇護を求められたり、友好的な場合は……村人になるか誘ってみよう」

「相手が断ってきた場合はどうします？」

「そもそも言葉は通じるのか？」

さっそく桜と冬也が反応する。

「断られても、敵対さえしなければそのまま放置する。言葉が通じない場合も同じだ」

こちらに敵対せず、そのままどこかに立ち去るなら良し。深追いする必要はないし、無関係でいるのが一番だと思う。

「15人のうち、村人になれない人がいたらどうするの？」

「村人になれた人の意思を尊重して、残る人だけ受け入れるつもりだよ」

「なら、わたしは受け入れに賛成かな。この村に一番必要なのは人手だし」

という夏希の言葉に、ほかの3人も頷いている。ほかに意見や反論もなく、全員の同意で方針が決まった。

「相手を警戒させるのも良くない。村の中限定で、普段通りに作業を頼む」

「わかりました。ほかに気をつけることはありますか？」

「そうだな。武器の携帯はナシで、女性陣は相手に見えやすい場所にいてほしい」

「あー、なるほどです」

こうして、各々が作業に掛かりながら現地人を待つことになった――。


最初の報告から2時間、いまだそれらしい集団の姿はない。そろそろ何らかのアクションがあってもいい頃だが……。

「啓介さん、まだ来ませんねー」

「そうだな、もう少し様子を見よう」

今は桜と一緒に、家の前で薪割りをしながら時間を潰している。椿は農作業を、冬也と夏希は収穫した稲を干すため、稲架《はさ》掛けの準備をしているところだった。

「獣人の人たち、相当疲れてたようだけど……何があったと思います？」

「魔物か転移者に襲撃された可能性が高そう、だと思ってる。桜もそうだろ？」

「転移者の中には、絶対愚かな行動をするやつがいますからね」

「ああ、なんとか全員受け入れたいな」

「ですね。言葉さえ通じれば可能性はありそうです」

戦力や人材の増強になるし、この世界の情報も入手できる。是非とも村人にしたいと考えていた。

「問題なのは、原因が転移者だった場合だな。私たちも同じ転移者とわかれば、かなり警戒されてしまうだろう」

「いやいや、そんなやつらと同じ扱いをされるなんて御免です！　この村にはそんな酷いことをする人、1人もいませんよ！」

「そうだな。まあ相手が悪いやつじゃないことを祈ろう」

そんなやり取りをしながら、さらに30分経った頃だった。


ガサガサッ、と西の森から、3人の現地人が姿を現す。

（なるほど、こりゃすごいな。冬也と桜が興奮するのもわかるわ）

たしかに、桜たちから聞いていたとおり獣人のようだ。パッと見ただけでは、私たちとほとんど変わらない。──が、頭から長い兎耳が生えているので間違いないだろう。

お互い、しばらく無言のまま向き合っていると、やがて3人の中で一番貫禄のありそうな人物が声をかけてきた。

「突然の訪問、申し訳ない。私は兎人族の集落で長《おさ》をしているラドと言う。あなた方に敵意はないので、どうか話を聞いてくれないだろうか」

（ふぅ、とりあえず会話はできそうだ）

言語理解のスキルを付与された覚えはないが、私にも桜にもちゃんと聞こえている。意思疎通が可能なんだとわかってひとまず安心した。

「もちろんです。私はこの村の村長で啓介と言います。私たちも敵対する気はないので、どうぞ遠慮なく話してください」

「ありがとう。我々は今、15人でここに来ている。集落の全員でだ」

報告にあった人数とも合致している。

「お願いだ。我々を数日、この村に滞在させてもらえないだろうか」

そう言って、族長のラドと連れ立った2人が頭を下げる。

「滞在……ということは、そのあと、どこかへ向かわれる予定が？」

「いや、行く当てはないが、怪我をしている者が数名いる。その治療をするのと、休息をお願いしたい」

「……もしよければ、詳しい経緯を教えてもらえませんか？」

「ああもちろんだとも。実は――」

族長のラドという人物はここに至るまでの経緯を詳しく話してくれた。

今からひと月前。

日本人と名乗る者たちが、集落にちらほらと現れ始める。助けて欲しいと懇願され、やむなくその者たちを受け入れた。最初のうちは協力的だったが、日本人の数が増えるにつれて徐々に不満を漏らすようになる。

最終的に13名の日本人が集まったが、それらを賄う食料の確保も難しくなっていき、彼らの不満はさらに増していった。中には集落の女性に乱暴をはたらく者もいて、出て行くように言ったのだが……全く聞き入れずに居座っていた。

そして3日前の夜、日本人たちが動きを見せる。集落の強奪を企てていたのだ。

苦渋の決断の末、次の日の夜明け前、全員で村を捨てて逃げた。だが運悪く、ここまでの道中でゴブリンの集団に襲われ、数名が怪我を負ってしまう。

そのときは、持っていた食料を囮にしてなんとか逃げ出したが……怪我人や子どももいる。

「どこかで休息を」というところで、この村の存在を知って接触した――。

「なるほど。その日本人たちがしたことは許せませんね」

「最初は対抗しようかと考えた。だが、我々の力は弱い。敗退して仲間が凌辱されるくらいならいっそ……と、集落を捨てたのだ」

たしかに、子どもを庇って戦うのは至難の業だろう。いずれにせよ、私たちも日本人だということは感づいている。ここにはそれを承知で来たわけだ——。

「そうですか……。もう見た目でわかっていると思いますが、私たちも日本人です。襲ったやつらと同じに思ってほしくはないですがね」

「それは承知している。……実は少し前から、あなた方の会話を盗み聞いていたのだ。申し訳ない」

「と、言いますと？」

「我ら兎人族は聴覚に優れている。ここよりもっと離れたところで会話を聞いていたのだ」

なるほど、よほど優れた耳を持っているようだ。襲撃の計画もそのおかげで判明したわけか……。

「警戒するのは当たり前のことですから、気にしないでください。それより、こちらの方面に向かって来たのはなぜか聞いても？」

「ああ、この先に川があるのは知っていたのでな。まずは水場まで行こうと考えたんだ」

「なるほど、よくわかりました」

話の内容に変なところはないし、日本人絡みの話も嘘とは思えない。それに集落を奪われたという経緯もある。真摯に手厚く保護すれば、村に入れる可能性は高い。

「では本題に入りますが、私たちは貴方たちを受け入れます」

「っ！　そうか、本当に助かる。どうかよろしく頼む」

「ただですね、受け入れるためには村人にならないといけないんです」

「村人？」

疑問符を浮かべるラド族長に向けて、村人になる理由とその条件、村のルールやスキルについて説明した。

「――なるほど、先ほど桜さんと話していたのはこの事だったのか。いや、そういうことなら、ありがたく村人にしてほしい」

「なら、ほかの方も呼んでください。怪我人もいるなら早いほうがいい」

ラド族長が頷くと、付き添いの1人が森の奥へと走っていった。


それからしばらくして、森の中から集団が姿を見せる。

ほかの兎人たちを待っている間に、族長ともう1人には居住を許可して村人にしている。2人とも問題なく結界の中に入れたので、残りの人たちも大丈夫なんじゃないかと期待しているところだ。

聞いていた怪我もそこまで酷いものではなく、長時間歩くのに支障が出るかな、という程度だった。族長が結界の外に出て、仲間に経緯を説明すると――、兎人たちは安堵の表情を見せていた。

「ラドさん、ここがどれだけ安全なのかを確認してもらうために、この結界を武器で思い切り攻撃してみてください。あ、ラドさんは既に村人なので無理ですけどね」

最初はみんな戸惑っていたが、族長の指示に従って恐るおそる結界を攻撃し始める。

「おい、すごいぞこれ……」

「どうなってんだ？　ビクともしないぞ⁉」

「魔物も入って来れないらしいわ」

これで少しは信用が増したはずだが、もうひと押しするために言葉を投げかける。

「みなさん、先ほどラドさんから聞いたと思いますが、私たちも日本人です。ですが、この村では、暴行や凌辱行為をする者は、即座に追放するという絶対のルールがあります。頑丈な結界もありますので、どうぞ安心して村人になってください」

残りの人たち全員に対し、村人になる意思を確認する。居住の許可を出すや否や、ゾロゾロと村に入ってきた。

「良かった……全員村人になれたね」

「村長、滞在許可に感謝する。滞在中は可能な限り協力を惜しまない」

「歓迎するよ。まずは怪我人の治療と食事にしよう」

『ユニークスキルの解放条件【異世界人との共存】を達成しました』

『能力が解放されました』

ラドたちを受け入れたところでアナウンスが聞こえてくる。兎人族の滞在で解放条件を満たしたようだが、能力の確認は後回しにして、村への招待を優先した。

ラドたちには広場で休憩してもらい、その間に桜たちが食事の準備を始める。私もラドと少し話をしてから準備を手伝いに行った。

「兎人族の方たち、苦手な食べ物はありますか?」

「いや、とくにはないそうだ。何でも食べられると言ってたよ」

「では芋を主食にして、あとは肉と野菜で良さそうですね」

兎人だけに、肉類は食べないかと思いきや――。全然そんなことはなかった。大兎の肉も普通に食べるし、好き嫌いも全くないらしい。

「ああ、それと兎人族は耳がとても良いそうだ。村の中程度なら、全て聞こえるらしいぞ」

「おお、そりゃすごい能力だな!」

「だったらどんどん聞いてもらって、ここが良いところだって知ってほしいねー」

彼らに食事を振舞うと、みんな喜んで食べていた。

とくに、ジャガイモとサツマイモは大好評だった。さっきまで疲れ果てていたのが嘘のように、ものすごい勢いでほお張っている。

ちなみに、楽しい食事のあとは屋根のある浴場で寝てもらったよ。兎人族には申し訳ないが、家がないので、これぱっかりはどうしようもない。

異世界生活31日目

翌日の朝、ラドたち兎人族と一緒に朝食をとり、私たちは日課のステータスチェックをしていた。

桜と冬也がレベル7、残り3人はレベル4まで上昇している。探索に出ていた2人はレベルの上がりが早い。待機組も罠で魔物を倒しているが……追いつきそうにはなかった。

スキルに関しては、冬也の剣術がレベル2に、夏希の細工がレベル3に上昇。そして私も村スキルがレベル5に上がり、新たな能力を得ていた。

冬也Lv7　村人：忠誠78　職業：剣士
スキル　剣術Lv2：剣の扱いに上昇補正がかかる。剣で攻撃する際の威力が上昇する。〈New〉

冬也は剣で攻撃時の威力が上昇する効果が増えていた。基本レベルの上昇により腕力も上がっているので、既に大猪程度の魔物なら余裕で倒せる。

「まだまだ強くなるぞ。肉の確保と敵の排除はオレに任せてくれよなっ」

「冬也は村の戦士長だな」

「冬也くん、頼りにしてますね」

夏希Lv４　村人：忠誠76　職業：細工師
スキル　細工Lv３：細工や加工に上方補正がかかる　対象：木材、繊維、石材〈New〉

夏希も細工スキルが３に上がり、新たに『石材』の細工や加工にも補正がかかるようになった。きっと大量に作っていた槍や盾のおかげだろう。向上心もあり、今後にも期待が持てる。

「夏希は村の貴重な職人だからな。さらなる活躍に期待してるぞ」

「お役に立てるよう頑張ります！　今後もいろいろ作っていきますよー」

今でも十分役に立っているが、この調子なら本当にすごい職人へと成長しそうだ。

「さて、次は私なんだが……」

啓介Lv４　職業：村長　ナナシ村　☆☆

ユニークスキル　村Lv5（19／100）：『村長権限』『範囲指定』『追放指定』『能力模倣』『閲覧』〈New〉異世界人のステータスを閲覧できる。
村ボーナス
☆豊かな土壌　☆☆万能な倉庫

ユニークスキルのレベルが5になって、村人の最大数が2倍の100に増えた。今はまだ一時的にだが、村人も19人に増加している。

「なんか今回の『閲覧』能力ってのは普通だよな。ステータスを見られるのは確かにありがたいけどさ」

「忠誠度とかスキルが確認できないのは困りますもんね」

「そうだよな。ただまさ、今までの能力と比べちゃうとな……。どうしても見劣り感が否めない」

今回の『閲覧』能力は、現地人のステータスをパソコンの画面で見られるようになる、ただそれだけだ。私の落胆を感じ取ったのか、しばらくこの場に何とも言えない空気が漂っていた。

「んー、ちょっと思いついたことがあるんですけど――」

その沈黙を破り、桜がそう切り出す。

「例えば、啓介さんがこの世界に来て、最初に遭遇したのが現地人で、その人を村人にしたとします。――その場合も『閲覧』能力が発現して、ユニークスキルのレベルが1つ上昇したんじゃないかと考えられますよね」

あり得る状況だと思い、頷いて返す。

「スキルレベル上昇には様々な解放条件があって、それを解放するごとに、特定の能力が付与されるんじゃないでしょうか」

「解放条件ごとに、付与される能力も決まっているわけだな」

「そうなんじゃないかと思いますね」

「ありがとう。今後の参考になるよ」

「いえいえ、お役に立てたようで」

獲得した能力はいまいちだったが、解放条件の指針ができたのは非常に助かる。

「さて、スキル確認はこれくらいにして、兎人族のことを話したいと思う」

全員、緊張もなく自然体で聞いている。

「まず、ラドたち兎人族には、この村に定住しないかを打診してみる。もっと詳しく、この村や私たちについて話すつもりだ」

「いいんじゃないか？　兎人族の信用も得られるし、隠し事はないほうがいいもんな」

「そうですね。私もそれでいいと思います」

冬也と桜の発言に続いて、椿や夏希も賛同している。

「米の収穫が近いし、芋類は順調に育っている。食料に関しても問題ないと思う」

「魔物から肉も手に入るもんね」

「万能倉庫があるから、保管のことも気にせずに量産できる。あとは家を作れるかだけど……これは兎人族とも相談だな」

そのあとも1時間ほど話し合ったが、全員、兎人族の受け入れには賛成のようだ。全員一致で定住を進める方針となった。


村人みんなで昼ごはんを食べたあと、私とラドはリビングで会話をしていた。ラドは初めて見る家の構造や日本の製品に驚きまくっている。

「今は使えないとはいえ、これほどの魔道具が揃っているとは驚いた」

「電力、こちらで言うと魔石ですか。それがないので置物と化してますけどね」

この世界にも、灯りや風を起こす『魔道具』と言うものがあるそうだ。ただ非常に高価なので、手に入れるのはなかなか大変らしい。

「今日は、この世界のことをいろいろ聞きたいと思い、お招きしました」

「ああ、知っていることなら話そう。それと、呼び方はラドでいい。丁寧な言葉もいらない」

「ん、……そうか。なら普段通り話すことにするよ。私もそのほうがありがたい」

「ああ、私も話しやすくて助かるぞ」

「じゃあまず、この世界の歴史とか、人種を含めた成り立ちが知りたい」

「そうだな、私が知っているのは――」

この世界は、『太陽の女神と月の女神』の2柱神によって創られたとされている。ただ、直接女神の姿を見た者はいないらしい。

ここは『オルシュア大陸』と呼ばれており、大陸の周囲はすべて海に囲われている。大陸を東と西に隔てる『大山脈』がそびえており、人の足では絶対に踏破不可能だと言っていた。

唯一、大山脈の南にある『大森林』を抜けられれば、東と西の行き来ができる。私たちのいる場所こそがその大森林なのだそうだ。

大山脈の西側には、人族の広大な領土が広がり、その南端の一部に獣人族の領土があるという。ちょうどこの大森林の西側に隣接している形だ。

一方、大山脈の東側は未開の地であり、詳細はほとんどわからない。言い伝えでは、魔族が住んでいるとなっているが……誰もその姿を見たことがない。

「なるほど、大山脈ってのはそんなに険しいのかな？」

「ああ、高くそびえ立つ絶壁が延々と続いている。それが北の果てから大森林までずっとだ」

（以前、村の北を探索したときに見つけた絶壁がそれかな？）

「東と西を行き来するのに、大森林を『抜けられれば』ってのはどういう意味かな？」

「この村の東に見える川、あの川から向こうは、魔物の強さが桁違いなんだ。奥へ行くほどそうなるらしい」

「ってことは、この場所も危険なんじゃないか？　わざわざ危ないほうへ逃げてきたのか？」

「いや、東の魔物はなぜだか、こちら側へ川を渡って来ないんだ」

「うん？　なんでそうだとわかるんだ？」

東にある川は、いたって普通に見える。何か目視できない結界的な作用でもあるのだろうか。

「すまんが私にも理由はわからない。ただ、過去に幾度も東を調査した結果らしい。少なくともここ100年、侵入してきた形跡はないと伝わっている」

「それは兎人族が調査したのか？」

「いや、獣人族領の戦士団が踏破を試みた結果だ。大森林についての情報は、獣人なら常識程度に知っていることだ」

東でオークを見つけたと報告にあったが……川を渡ってこないなら、ここは安全なのかもしれない。

「じゃあ次に、獣人の街について教えてほしい」

「ああ、我らは2か月に一度ぐらいしか街に行かんからな。そこまで詳しくはわからんぞ」

「少しでもわかれば十分だ。それで街の様子からなんだが――」

その後も会話を続け、街の状況や距離なんかもだいたい把握できた。

ラドたちは定期的に街へ行き、塩や香辛料、生活用品などを手に入れていたそうだ。集落では布や革の加工品を売り、それで得た通貨で購入していたらしい。

聞きたいことはまだまだあるが、情報を整理してからまた後日ということにして、今日のところは話を切り上げた。

8章　兎人族との生活

異世界生活32日目

兎人族が来て2日目の朝、総勢20名で朝食をとっている。人数が多いので、調理しながら順番に、という感じだ。

私とラドはその光景を見ながら気さくに会話をしていた。

「怪我をした人も、大したことはなくて良かったな。みなの顔色も良さそうだ」

「ああ、本当に感謝している。こんなにうまい食事を毎回出してもらって……。私が心配するのも筋違いだが、大丈夫なのか？」

「そうだね。今いる人数程度なら、十分賄える量は確保できているよ」

ナナシ村には『豊かな土壌』と『万能な倉庫』がある。2つの村ボーナスのおかげで食料事情は大幅に改善している。

「しかし、このサツマイモとジャガイモというのはすごいな。我が部族で育てた芋より大きいし、何より味が素晴らしい！」

「気に入ってもらえたなら嬉しいよ。明日には私たちの国の主食も収穫できる。ぜひ食べてみてくれ。米って言うんだ」

「あそこに見える、麦のようなもの全部がそうなのか？」

　この世界にも麦はあると昨日聞いていた。が、残念ながらお米はないらしい。少なくとも、近くの街には売っていないようだ。

「収穫後の工程は似てるよ。ここへ来て初めての収穫だから、食べるまでにはもう何日かかかるけどね」

「そんなに世話になっていいのか。いや、もちろん助かるが……」

　切り出すには良い頃合いだと思った。

「なあラド、行く当てがないなら、一緒にこの村で生活しないか？　村の一員になってほしい」

「……とてもありがたい申し出だ。正直、ここほど安全に生きられる場所は、見たことも聞いたこともない」

「愚かな日本人もいるしな。じゃあさ、集落のみなで話し合って――」

「いや、その必要はない。我々兎人族は、族長に全ての決定権がある。一族はそれに従う風習なのだ」

「そうなのか。なら、これだけははっきり言っておくよ」

　ラドは周りの仲間を見回したあと、静かに頷く。

「村に住む限り忠誠度は絶対だ。たとえ身内でも曲げることはない。私はラドたちを利用するし、ラドたちも私を利用していい。私と村の安全が最優先、ということを覚えておいてくれ」

その言葉にラドは、さも当然のように頷いて答えた。

「村長、今から我ら兎人族はこの村の一員だ。末永く忠誠を誓おう」

ふと気づき周りを見ると、兎人族全員が私を見て深く頭を下げていた。

（ああそうか。みんな、耳が良いんだもんな）

手間が省けてちょうど良い。兎人族が村に住むことを椿たち4人にも伝え、そのあともみんなで食事を楽しんだ――。

正式に村人となった15名の兎人族。

その内訳は男性6人と女性9人で、そのうち子どもが3人いる。ちなみにこの世界の成人は15歳なんだと。とくに血縁を気にすることはなく、同じ集落内でも夫婦になると言っていた。血がどうのという遺伝的な影響もないらしい。

（この世界、オルシュア大陸では、冬也も夏希も成人してるんだな……）

今は兎人のステータスを確認しているところだ。

私と桜、それにラドが同席している。ほかのメンバーも誘ったが、自分たちは外で作業をすると言って参加していない。

「やっと終わりましたー」

「ああ、これだけの人数を一度にやるのは大変だったな」

「大事な確認ですからね。収穫もありましたし、良かったですね」

全員の確認を終えたのだが、私たちと違うところがいくつかあった。

まず職業がない。15人全員に職業欄がなかったのだ。集落ではそれぞれ仕事を分担して生活していたが、それが職業というわけではないようだ。

次にスキルがない。いや1人だけあったが……ほかは全員スキルがなかった。こちらは『スキル：──』と出たので、後天的に覚えることがあるのかもしれない。レベルと忠誠度は見られたので問題はない、けど、疑問だけは残った感じだ。

「この魔道具は、教会の女神像と似た効果があるのだな。映っている文字は読めんが……」

今まで黙っていたラドがモニターを見て言った。

「女神像ってのは鑑定の魔道具なのか？」

「いや、女神の姿を模したと言われる水晶の像だ。いつの時代からあるのかは不明だが、大きな街の教会にはだいたい置かれている」

「それって、どんな効果があるんだ？」

「女神像に祈りを捧げると、頭の中に浮かぶのだ。自分のレベルとスキルがな」

「文字が読めない人はどうなるんです？」

「何と言えばいいか、頭の中でわかるのだよ。文字が浮かぶわけではないんだ」

「なるほど、ちなみにそれは、誰でも利用できるのか？」

「ああ、獣人族の街では誰でも無料で見られるぞ」

この世界には、鑑定のアーティファクトみたいなのがあるようだ。ただ、職業や忠誠度なんてのはないらしい。

「我が娘のロアにも、街に行く際は教会に寄るように言ってある」

そう言われ、ラドの娘さんのステータスを思い出す。

ロア（兎人）Lv10　村人：忠誠68
スキル　土魔法Lv３：魔力を捧げることで土を出すことができる。形状操作可能。性質変化可能。

ラドの話によると、娘のロアは17歳。土魔法を使い始めたのは8歳からみたいだ。亡き母も土魔法を使えていたが、今は集落でただ1人の使い手となっていた。

「ロアは土魔法で何がやれるのかな？」

「そうだな。土を生み出したり、地面に穴を開けたり、硬さを変えたりだな。集落の周りも、ロアの土魔法で土壁を作ったぞ」

「なるほど。石つぶてを飛ばして攻撃したりとかはどうだ？」

「いや？　そういうのは見たことがないな」

土魔法には攻撃手段がないのだろうか。土木的な魔法なのか、それともイメージの問題か、現時点では判断がつかない。

「啓介さん、私がしばらく検証に付き合いたいと思います。土の構造理解とかイメージの問題な気がしますから」

「だな。私も同意見だよ。桜に任せるのが最適だと考えていたところだ」

「お任せを！　ってことでラドさん、娘さんをしばらくお借りしますね！」

「あ、ああ……よろしく頼む」

そう言い放った桜は、一目散に外へ出てロアのところに向かっていった。この調子だと、村人になって早々にロアの厳しい修行が始まりそうだ……。

桜が出て行ったあとは、今後の作業分担や、元集落にいついている日本人への対処などを話し合い、みなのステータス確認は無事終了となった。

異世界生活33日目

この日ついに、待望の日を迎えていた。

実りに実った稲穂畑、その収穫作業を開始したのだ。広い範囲を手作業でというのは大変だが、村人が増えたこともあり、順調に稲が刈られていく――。

そんな一方、兎人の住居を建てる準備も始まっていた。

集落で建築を担当していた兎人。その人の指示のもと、材料の運搬や加工、地盤の基礎作りをしている。冬也と夏希、それに土魔法使いのロアが手伝っていた。

族長宅と4組の夫婦用、それと独身の女性用も一つ。計6軒を建てる計画で工事を進めている。

「椿、ちょっと家のほうを見てきてもいいかな」

「はい、ここは任せてもらって大丈夫ですよ。いってらっしゃい」

「何かあったら呼びに来てくれ」

収穫作業を椿たちに任せ、居住区画のある西エリアへと向かう。と、こちらも忙しそうに動き回っていた。

「あ、村長お疲れさまー！　収穫のほうは順調にいってる？」

板材の加工をしていた夏希が声をかけてくる。相変わらず見事な手ぎわで建築用の部材を量産していた。

「ああ、問題なく進んでるよ。こっちはどんな感じ？」

「それがもうすごいんです！　あれを見てください。もう骨組みが完成してるみたいですよ！」

夏希が指さすほうを見ると、確かに三角屋根の骨組みができていた。

「おお、歴史の教科書で見たことはあるが……実物は初めて見た。こうやって組み立てていくのか。なるほどなぁ」

そこに見えているのは、縄文時代の竪穴式住居そのものだった。地面は掘り下げられており、その周りに三角錐の骨組みがあった。初めて見る実物に思わずテンションが上がっていく。

「いいよねー、私も住んでみたいなー」

あ、俺も俺も！　と思ったが、グッとこらえて頷くだけに留めた。

「引き続きよろしく頼むよ」

そう言って建築現場へと歩いていく。

「みんなお疲れさま。こっちも順調に進んでいるようだね」

「おお長よ、儂の手にかかりゃあ、これくらい余裕ってもんよっ！」

そう答えたのは大工のルドルグ。見た目はどう見てもドワーフっぽいが兎人だ。ウサ耳姿に似合わない口調で元気に返してきた。若干、江戸っ子口調が混じっているので、そのうち「てやんでぇ」とか言いそうである。

「夏希とも話したけど、手際の良さに感心してたところだよ」

「ったりめぇよ！　と言いてぇが、ロアの土魔法と嬢ちゃんの加工技術のおかげだな！」

口調はアレだが、他人を褒めることを忘れないあたり、気の良いおっちゃんと言う感じ。

「おいルド爺！　オレだって役に立ってるだろ！」

「ああ、坊主の腕力もすげぇからな。助かってるぜ、強き雄よ」

「えっ、お……そうか。わかってるならいいんだけどさ……」

冬也たじたじである。褒められて照れちゃうところはいつ見ても面白い。

「そう言えば、これだけの大工道具をよく持って来られたな。ゴブリンに襲われたんだろう？」

「ああ襲われたさ。だがこの道具は儂の命だからな。簡単には捨てられねぇよ！」

「そうか、よほど大切なものなんだな」

これはあとで聞いた話だが――、ルドルグの親父も祖父も、代々集落の大工をしており、道具は形見みたいなものらしい。

「それとルドルグ、私の家みたいな感じのも建てることは可能か？」

「ああ、似たようなもんなら可能だ。ただ、材料は木材か石材になるぞ？」

「ならさ。みなの家を建て終わったら、集会所みたいな大きめのを1軒建ててほしい」

ルドルグは、少し思案してから了承してくれたのだが……。

「けどよぉ、最低でも釘は必要だ。長にもらったやつだけじゃあ、品質は良くても数が足りねぇ」

「だよなぁ……」

そうなのだ。街に行けば釘を手に入れられるんだが、その途中には占拠された集落がある。

昨日ラドとも話したが、まだいい案が浮かばないでいた。

「街への買い出しの件もあるし、近いうちに解決策を見つけるよ。計画だけはしといてほしい」

「わかった。そこは完璧にやっとくから任せとけっ」

こうしてこの場を去り、家に戻ってからもずっと頭を悩ませることになるのだった。

異世界生活34日目

今日も昨日に引き続き、稲の収穫と建築工事に分かれて作業をしている。収穫作業の進捗が思いのほか良かったので、建築のほうに人員を多く回すことができた。

そして現在は主要メンバーを集めて会議中だ。話し合いを始めてから、かれこれ1時間は経過していた。

「よし、今までに出た問題点を整理してみようか」

問題点
・塩の残量が厳しい。切り詰めたとしてもあと10日程度しかもたない
・調理器具が少ない。人数分の調理が一度にできない
・釘や道具が足りない。集会所兼宿舎の建築に取り掛かれない
・占拠された集落の転移者が邪魔。街へ行くには大きく迂回するしかない
・お金がない。買い出しのために、通貨もしくは売れるものを用意する必要がある
・街の状況がわからない。迂闊に行くと危険かもしれない
と、見事にないない尽くしである……。

「直近の問題はこれくらいですかね」

「これくらい、というか問題だらけだねー」

「まあな……。優先順位はどうだろう？」

「まずは塩ですかね。購入する対価を用意する問題にも繋がりますけど」

塩の確保を推す椿に対して、冬也と夏希が返す。

「南の海に行くってのはどうかな？」

「冬也、たとえ海に辿り着けても、塩をとる方法がわかんないでしょ？　それに道具もないし」

南の海で塩をとる案だったが――。安全面の心配もあり、現状では難しい。と、夏希にあっ

さりと却下されていた。

「じゃあ街で購入か？　そうすると何を売るかになってくるよな」

「それもあるし、街の危険も考えないと」

なかなか難しい問題だが……。多少のリスクを負ってでも街には行きたい。

「街の危険については考えなくていいと思うぞ。村長が行く以外だったら問題ないだろ？」

「え？　それってどういうこと？」

冬也の発言に夏希がポカンとしている。

「仮に何か危険があってもさ、村長さえ無事ならいい。この村の維持には問題ないってことだ。それがナナシ村の絶対ルールだろ？」

「あ、そっか。村長が行かなきゃ問題なさそうだね」

2人とも平然と話しているが、私としても貴重な人材をみすみす手放す気はない。話が危険な方向に進みそうだったので、フォローを入れておく。

「2人の覚悟はよくわかったよ。リスクを考慮したうえで、購入するための対価と、誰が行くかを決めよう」

「村長、私も発言していいだろうか」

「どうしたラド、遠慮なく言ってくれ」

今まで静観していたラドが初めて口を開く。

何か妙案でもあるのかと待っていると――、少し声を張りながら次の言葉を発した。

「街へ行く意思がある者、すぐに名乗り出てくれ。ただし、少しでも迷いがあるものはダメだ」

突然、私の顔を見ながらそう言った。そして少ししてから頷き、また話し出した。

どうやら兎人たちに確認を取っていたらしい。こっちを見ながら話すもんだから、思わずビビッてしまった……。

「村長、私を含めて7人、街へ行く意思がある。人数の調整は任せる」

「そうか、助かるよ。名乗り出てくれたみんなもありがとう。その時はよろしく頼む」

状況次第ではあるけど、私たち日本人が街へ行くと、門前払いを食らったり、ここの存在を知られる可能性がある。正直、ラドたちの申し出はとてもありがたかった。

「じゃあ、あとは何を売るかだねっ」

「村にあるもので売れそうなのは、米、芋、野菜でしょうか」

「そうだな。でも米はなるべくなら外に出したくない。日本米だからな。勘ぐられて村の存在が怪しまれそうだ」

「村長よ、倉庫にある魔物の素材も売れるぞ。とくに大蜘蛛の糸は加工すれば良い値で売れる」

ラドに言われて、倉庫に眠らせたままの素材を思い出す。

「魔物の素材か。でも加工ができないだろ？　道具もないし」

「機織《はたお》りの道具ならルドルグが作れる。夏希殿が手伝ってくれれば、２日もあればできると思うぞ」

「あっ、もちろんお手伝いしますよー。わたしも興味があるしっ！」

「そうか。じゃあ、夏希はすぐに取り掛かってくれ」

夏希は席を立つと、脱兎のごとくルドルグのいるほうへ向かっていった。

「ラド、糸の加工はできるんだよな？」

「ああ、部族の女は全員な。道具さえあれば何も問題ない」

最終的には、出発の予定日を10日後に設定。街との交易という目標のもと、各自が行動に移っていく――。

異世界生活38日目

村会議から４日が過ぎ――。

あれからルドルグと夏希が頑張ってくれたおかげで、２台の機織り機が完成していた。

昔、日本にあった「ガシャンガシャン」とやるものに似ている。鶴が恩を返してくれる話のアレだ。

今は3台目を作成しているところで、それが終わり次第、家の建築に戻ると言っていた。ラドたちには悪いが、寝泊まりしている浴場に機織機を設置している。もう少しで自分たちの家が完成するので、それまでは我慢してもらうしかない。

一方で、肉と魔物素材を確保するために、狩猟班の冬也と桜が兎人の男2名を連れて狩りに行っている。兎人の聴覚により魔物を察知できるので、随分と効率が上がったらしい。ラド曰く、村の南側に大蜘蛛が多くいるそうなので、そちらを重点的に攻めている。

「啓介さん。明日、芋の収穫をしたいと思うので、人手をお願いします」

「お、もう2度目の収穫なのか。ラドも楽しみだろ？」

「もちろんだ。村の芋は絶品だからな、私もぜひ収穫を手伝わせてくれ」

椿やラドと一緒に畑の手入れをしながら、明日の収穫に向けて準備をはじめる。ここ最近は気持ちの焦りも薄れてきたし、充実した日々を送れるようになってきたと、しみじみ感じている。

「ところでラド、前に大山脈の話をしてくれただろ？　絶壁の山脈がずっと続いてるってやつ」

「ん？　たしかに話したが……それがどうした？」

「今さら気が付いたんだけど。そんな大きな山なのにさ、なんでここから見えないんだ？」

普通の速度で歩ければ、村から北に2～3時間も行けば山があるのだ。そんな距離なら村からも目に入るはずなんだが……山の方角を見ても、空と雲しかないのは明らかに不自然だった。

「よくわからん。近くまで行けば普通に見えるのだがな。ある程度離れるとなぜか見えなくなるのだ」

「北までずっと続いてるんだろ？　全部そうなのか？」

「人族領はどうだか知らんが、獣人族領ではそうだ。一部では魔族の呪術とか言われている。が、全部ただの噂だ。とくに害もない」

「そうか、不思議な場所なんだな」

ここは異世界なんだし、多少のことは気にしてもしょうがない。この現象もきっと、神がかり的な何かなんだろう。

「ラドさん、私も一つ疑問があるんですけど……いいですか？」

どうやら椿も聞きたいことがあるようだ。

「何かな、私にわかることならいいんだが」

「ここ一帯は『大森林』って言われてますけど、どうもその割には規模が小さい気がしてまして……。いえ、たしかに広いですけど」

「ああそのことか――。本来、大森林とは、そこの川から東のことを指すんだ。街の高台から見るとよくわかるんだが、ずっと奥のほうまで広大な森が延々と続いている。それで、ここを含めて大森林と呼ばれているのだよ」

「なるほど、そういうことだったんですね。ありがとうございます」

「いやいや、役に立てたようで良かった。ほかにも何かあれば遠慮なく聞いてくれ」

ラドの説明に、私もなるほどと思った。いったい東の森はどうなっているのやら……。

「じゃあついでに聞くけど、この森にはラドたちのほかに兎人族の集落はあるのか？」

「……10人で暮らしている集落が一つだけある。そのほかの兎人族は、街や街の西にある森で生活してるのがほとんどだ」

「その森もここみたいに大きいのか？」

「いや、至って普通の森だ。行ったことはないので、詳しいことまでは知らないがな」

街の西にある森の部族とは交流していない様子だ。

「なるほど、それでもう一つの集落ってのはどのあたりにあるんだ？」

「ここから南西の方角だ。我々の集落からだと、南に半日の距離にある」

「ふむ……。街への迂回ルートとして距離的にも良さそうだし、途中で寄ることは可能か？」

「十分に可能だが……。ここへの移住を考えてくれているのか？」

「相手の意思次第だけどな。それに助けるわけではない。村の人手を確保するためだと思ってくれ」

「ああ、それは重々承知している」

ラドたちの集落みたいに襲われる可能性もあるし、あと10人増えようが何も問題ない。むしろ、人手がもっと欲しかったので好都合だった。

「なら直接ラドが誘ってみてくれ。村のルールや忠誠のこともしっかり伝えてくれそうだしな」

「わかった。掛け合ってみる」

異世界生活40日目

昨日おこなった芋の大収穫に続いて、本日はいよいよ米の脱穀作業を開始する。乾燥期間がこれでいいかは不明だが、冬也の動画情報を頼りに日取りを決めた。

俵や袋がないので、万能倉庫の中に大きな桶をいくつか作ってもらい、そこに玄米や精米を分けて保管するつもり。万能倉庫ならば品質劣化も防げるので、酸化や害虫の心配もないはずだ。

千歯こきを使って順調に脱穀をしていく。思ったよりも、もみと一緒に稲わらがついてくるが……気にせずにどんどん進める。

脱穀した後は、夏希特製の臼に投入して杵でつきこむ。何度も何度もついていくうちに、稲わらに付いていたもみもきれいに取れてきた。さらにもみをつき続けることでもみ殻も外れていった。

脱穀したあとはザルに移して、揺すりながら息を吹きかける。軽いもみ殻だけが飛んでいき、玄米だけがザルに残る。人力作業なので、１サイクルで脱穀できる量は多くない。が、作業自体は順調に進んでいった――。

「思ってたより上手くいきそうだね」

「そうですね。ただこのペースだと結構な日数が掛かります。いつ終わるかわかりませんよ」

穂の付き具合からして、収穫量は通常の２倍以上はある。豊作なのは嬉しいが、やはり手作業では進みが遅すぎた。

「稲わらは住居の屋根材になる。すぐに使いたいから、先にもみだけ落とそうか。もみ摺りや精米は後回しにしよう」

「わかりました。予備の千歯こきも使って集中的にやりましょう」

粗方の脱穀手順を確認してから、兎人たちの居住予定地へと向かう。

「ルドルグ、そろそろ稲わらをこっちへ運ばせるぞ。どこに置いとくか指示しといてくれ」

「おお長か、昼前には骨組みが仕上がるからよぉ！　そのあと屋根に取り掛かるぞ！」

「仕事が早くて助かるよ。何か手伝うことはあるか？」

「とくにはねえな。こっちは儂に任せとけ。長は機織りの様子でも見てきたらどうだ?」

「そうだな。ならちょっと見てくるよ」

家の建築はすこぶる順調に進んでいることだし、私自身も機織りには興味があった。ルドルグにあとを任せて、夏希のいる機織場の様子を見に行くことにした。

「みんな、調子はどうかな?」

「あ、村長っ。やっぱり手順さえわかればバッチリだよ! ほら、ちょっと見ててね!」

そう言う夏希は、器用に織機を操作して布を織っていく。その動きに迷いはなく、熟練の職人のような手さばきをしていた。

「細工師ってほんとにすごいんだな。にしても、蜘蛛の糸が繊維扱いになるのは不思議だよな」

「細かいことを気にしちゃダメですよー。それよりもっと褒めてください!」

「ああ、村の家計は夏希の腕にかかっている! よろしく頼むぞ!」

冗談めかして言うと、近くで作業している兎人の女性陣も一緒になって笑った。だが実際、夏希の腕前には舌を巻いており、みんなが褒め称えている。それを聞いた夏希も、満面の笑みをこぼして嬉しそうにしていた。

——その日の夕方には、兎人用の住居が2軒完成。子連れの家族がさっそく移り住んだ。

住み慣れた形の家を前に、大はしゃぎする子どもたち。その様子を見たルドルグも、非常に満足しているようだった。

異世界生活43日目

あれからさらに5日――、昨日の時点で6軒全ての家が完成した。

家具や寝具はまだないが、自分たちだけの空間がある。それだけでも安心できたのだろう。

村のみんなは朝から楽し気な雰囲気だった。

「やっぱり、家が建つと村っぽい雰囲気が出ますねー」

桜が笑顔を向けながら話し出す。

「最初の頃は毎日必死だったけど――ようやくここまで来たんだなって、しみじみ感じてます」

「それもこれも啓介さんのおかげですね。この近くに転移できて、本当に運が良かったです」

椿も、転移したての頃を思い出しながらそう話している。

「もし違う場所だったら、私も椿さんもとっくの昔に死んでましたね。仮に街まで行けたとしても、どうなったかは怪しいものです」

「それを言うならオレたちもですよ。出会いは最悪だったけど、この村に住めて良かった」

「うんうん、ホントに紙一重の出会いだったねー。村長に感謝感謝！」

冬也や夏希も、あの集団にいたままならヤバかったと、口を揃えて言っていた。と、そんなことを語らいながらも、賑やかな朝食が終わり、昨日決めたことを再確認する。

「さて明日のことなんだが、メンバーはラドを含め兎人5名とする。村からの交易品は、芋と織布と魔物の素材、それに転移者の所持品でいく」

転移者のものについては、市場に出回っている場合にのみ売るように言ってある。希少価値がありすぎて、変なことに巻き込まれるのを防止するためだ。

「ああ、我々も準備できているぞ。弓や槍もあるし、ゴブリン程度ならよほどの集団でもない限りは大丈夫だ」

「そうか。でもなるべく戦闘は避けてくれよ。無理だけはするな」

「わかっておるよ。我らにはこの耳がある。危険は避けて行くさ」

この村に逃げてきたときは、大人数だったし子どももいた。が、今回は大人のみだし、機動力も全然違うだろう。

「それに万が一があっても、娘のロアとルドルグがここに残っている。だから何も心配はない」

「そっか――。では手筈通りに明日の夜明けに出発、そのあと兎人の集落を経由して街へ頼む」

「遠回りで慎重に行くからな。行きで2日、街で1日、帰りで2日は見ておいてくれ」

最優先は塩の確保、その次に釘と調理具、余裕があれば麦や果物をお願いしてある。

「ほかに話しておくことはあるかな？」

少しの沈黙の後、椿が話し出した。

「明日の件とは関係ありませんが――」

「いいよ。なんでも言ってほしい」

「収穫物や購入品などの村の財産。これらの所有権を、きちんと決めたほうがいいと思います」

「村の共有財産だと不都合があるってことかな？」

「はい。今はまだいいですが、人口が増えてくるにつれて不満の原因になると考えています」

不公平感が出てくるってことか。たしかに、作業によって労力も変わってくる。そういうことがあり得るかもしれない。

「椿、もう少し詳しく説明してくれないか？」

「人口が増えて家も増えると、各家庭で食事を作ったり、道具を揃えたりになると思うんです」

「まあ、将来的にはそうなるかもな」

「村には通貨の流通はありません。作業も完全には分担されていません。細かく均等に支給するのも難しいと思います。――そして、所有権を曖昧にしたままだと、労力の差や不公平を感じる人が必ず現れます」

やはりそういうことか。椿の言いたいことは理解した。あとは具体的な対処法だが――。

「この村で得たものは全て村長の所有物としましょう。それを村長の権限で分配する形をとるんです」

「意味は分かるし効果もありそうだけど……、なんか独裁的すぎない？」

「やることは今とそんなに変わりませんよ。所有権をハッキリさせることが目的ですから」

「ふむ、みんなはこの提案をどう思う？」

みなの顔を見渡して意見を乞うと、桜はウンウンと納得顔で頷いており、ラドは沈黙、冬也と夏希は難しい顔をしていた。そのあとしばらく考えていると、夏希とラドが、

「なんかよくわかんないけど、村長に権限を集めるのはいいと思うよ？」

「我らも、村長が所有権を持つのは当然だと思うぞ。むしろそれが当たり前だと思っていた。異論はない」

「そうか、冬也はどうなんだ？」

「んー、椿さんが言いたいのってさ。村長に不満の矛先を持っていけば、村人同士の争いが起きにくい。そういうことかな？」

「ええ、冬也くんの理解で合っているわ。村人同士のいざこざが一番厄介なの。村長は信用してるけど、アイツのことは気に食わない。なんてことにならないための提案です」

「ふむ……」

「村の規模が大きくなる前に、この方針を定着させたくて進言しました」

なるほどたしかに、私に不満を集めたほうが、忠誠度があるおかげで管理もしやすいか。それにみんなも納得しているようなので、椿の提案を採用することにした。

『ユニークスキルの解放条件【村の徴税制度】を達成しました』

『能力が解放されました』

『敷地の拡張が可能になりました』

村の制度を決定したところで、唐突にいつものアナウンスが聞こえてくる。——のだが、徴税制度もなにも……税率100パーセントなんだが、こんなんでも達成したことになるのだろうか？

朝食後、すぐにステータス確認に向かう。

ほかのみんなは朝食前に済ませていたらしい。私1人で行こうとしたら、なぜか椿と桜もついて来る。なんだろうと不思議に思いながらも、3人で居間に到着した。

啓介Lv5　職業：村長　ナナシ村　☆☆

ユニークスキル　村Lv6（19／200）：『村長権限』『範囲指定』『追放指定』『能力模倣』『閲覧』『徴収』〈New〉村人が得た経験値の一部を徴収できる。0％～90％の範囲で設定可能。

村ボーナス

☆豊かな土壌　☆☆万能な倉庫

村スキルがレベル6に上がり、新たな能力『徴収』を獲得した。のだが、まず先に──、

「2人ともどうしたんだ？　もう自分の確認は済ませたんだろ？」

「啓介さんごめんなさい。実はさっきのやり取り、桜さんと事前に打ち合わせしていたんです」

「ん？　さっきのって、所有権の話のことか？」

「はい。あの提言ですが、ある意図があって話しました」

「と言うと？　わけがわからん」

頭にはてなを浮かべていると、今度は桜が話し出す。

「以前に、村スキル解放条件の話をしたじゃないですか？　それってほぼ全部、村に関連するイベントのクリアが達成条件だと思いましてね」

「うん、続けて？」

「さっきは所有権と表現しましたが。実際には、村長が村人から全部徴収するってことですよね。税率100パーセントで」

「言ってる意味は分かるよ。徴収とか徴税って、村に関するイベントっぽいもんな」

「そうなんです。そして予想通りの徴収スキルが出てきた、と」

なるほどそういうことか。なんか唐突に切り出してきたから、ずっと不思議に思ってたんだ。

「なんか椿にしては強気な提案だなー、って少し驚いてた」

「気を悪くさせたならごめんなさい」

「いやいや、責めてるんじゃないよ。気に病む必要はないから安心して」

「啓介さんから言い出すと、完全に独裁者発言ですからね。それもあって椿さんに提言してもらったんですよ」

「そっか、よくわかったよ。――にしても上手くやったもんだな。素直に感心してるよ」

「そうでしょうそうでしょう。ならば本題のスキルにいきましょう！」

ドヤ顔の桜を横目にステータスを見やる。


『徴収』村人が得た経験値の一部を徴収できる。0％から90％の範囲で設定可能。


徴収できる有効範囲がわからないが、もし制限がないのであれば、村にいながらにしてレベルがどんどん上がるわけだ。

いろいろ試してみたが、徴収率の設定は何度でも変えられた。画面上で操作する必要はなく、念じるだけで数値が変わったのも確認している。

「なあこれさ、戦える村人がもっと増えたらすごくない？　戦闘技術は身につかないにしても――。俺、相当強くなっちゃうぞ……」

「すごすぎですよ！　それでも、啓介さんが死にがたくなるなら問題ありません。バンバン徴収していきましょう！」

「はい、私もそう思います。どんどん搾り取りましょう！」

「おい、２人とも言い方な？」

どこぞの悪代官みたいなセリフを吐く２人だった――。

「よし、次は敷地拡張の確認に行こうか」

「「はい！」」


２人と一緒に庭へ出てから主要メンバーを招集。『徴収』のスキルについて説明したところ、「遠慮なく吸い取ってくれ」と言うので、様子を見ながらそうさせてもらう予定でいる。今は説明もおわり、敷地の拡張を試すところだ。

「そういえばラド、部屋でのやり取りは聞こえてたか？」

「いやいや、いつも聞き耳を立てているわけではないぞ」

ほれっと言って、ラドが両方のウサ耳をピンと立てた。日本の言葉で、「聞き耳を立てる」というのがあるけれど、兎人族の場合は実際に耳を立てていた。

「こうやっているときが聴覚強化の発動中だ。特段何かない限り、普段の生活ではこっちで聞いている」

私たちと同じ形の耳をさしてそう言った。たしかに普段はウサ耳が垂れており、思い返せば今までもそうだったなと納得する。

「みなにも普段は聞かないよう言いつけてある。村長の不興をかうことはない。安心してくれ」

「そうか。別に疑っているわけじゃない。気を悪くさせたならすまん」

「いや、かまわないぞ」

聴覚強化の仕組みがわかったところで、敷地拡張を念じてみる。すると以前と同様、グググッと結界が広がっていったのだが――、

「おおー！　今回は規模が半端ないですね！　てか、結界の高さまで変化してませんか？」

「これが村長の力か、とてつもないな……」

敷地拡張のことは村のみんなにも伝えてあったが、実際に目にしたのは初めてなので驚いていた。

「村長、計測もするでしょ？」

「時間はかかりそうだが、なるべく正確に把握しておきたいからな。結界は固定しなくても有効だけど、一応の警戒はしてくれよ」

前回敷地を拡げたとき、計測するのに結構な時間がかかった。その経験を踏まえて、今回は長尺ひもを用意してある。そのおかげで割とスムーズに測定できたが、さすがにこれだけ広いと時間がかかりそうだ。

それからたっぷり20分かけて、ようやくすべての測定が終わった。計測の結果、結界の高さが10メートルから20メートルに変化。肝心の広さについては、1辺の長さが500メートルの正方形で、「ここはどこぞのテーマパークか？」って思うくらい広大な土地が広がっている。

みんなが唖然としているなか、隣にいる椿が声をかけてくる。

「啓介さん、このまま拡張しちゃうんですか？」

「いや、今回はしばらく保留にするよ。いくつか考えてることがあるんだ」

「良いと思います。慌てて拡げる必要性もありません」

点滅している結界を元に戻すと、森も元通りに復元されていく。その光景を見て、またもみんなから驚きの声が沸いた。

「ははっ。村長よ、そのうち国でも興すつもりか？」

「ナナシ国かぁ。ちょっと締まらない感じだけど、イイかもですね！」

ラドの言葉に、夏希が笑いながら答えていた。

——と、そんな冗談を言い合いながら、各自が作業に戻って行く。そして夕方、街で転移者に遭遇した場合の対処など、いくつかの最終確認をして解散した。

いよいよ明日は街へ向けての出発の日だ。

異世界生活44日目

次の日、夜明けとともにラドたち5人が荷を背負い出発した。順調にいけば5日で帰ってくる行程だ。朝早い時間にもかかわらず、村人総出での見送りとなり、みな、ラドたちの無事を祈っていた。

「何事もなく帰ってくるといいんだがな」

「はい、無事を祈るばかりです」

「心配するより、信じて待とうぜ村長！」

「そうだな。私たちも自分の仕事をしっかりやっていこう」

当初はラドたちが出ている間に、奪われた集落にいる日本人の偵察を、と考えた。

しかし、ヘタに刺激して予期せぬ動きをしたり、ラドたちとかち合う危険を考慮して中止となったのだ。やつらも、ラドたちから街の場所を聞いているし、教会で自分たちの能力を知った可能性もある。そのまま街に居つけばいいが……集落に戻っていると厄介だった。

集落が奪われてから2週間、食料も魔物の肉くらいしかないはずだ。買い出しにせよ移住するにせよ、街に行ってスキルを把握している可能性は高い。

「オレと桜さんは魔物狩りに行くけど、村長はどんな予定なんだ？」

「ん？　私はロアと一緒にトイレを新設しに行くつもりだ」

「そっか、そりゃありがたい」

「啓介さん、検証のために徴収率90パーセントにしといてくださいよー」

「ああ、そうしとく」

トイレについては良い処理方法があると判明。それは兎人族に聞いたこの世界の常識だった。なんでも排泄物を土に埋めておくと、土中の魔素が分解してくれるんだと。残飯や死体までもがその対象だという。この世界では、各家ごとに深い穴を掘ったトイレがあり、使用するたびに土を被せて済ますらしい。

「夏希たち女性陣は脱穀と機織りを頼むよ。村で使う分も欲しいからね」

「「はい！」」「お任せあれ！」

その日の昼前、一つ目の土中式トイレが完成。私が大工を担当して、ロアが土魔法で土台を作った。

「まずは一つ完成したな」

「はい。夏希さんもお上手ですが、村長の腕前も見事なものでした」

ロアがそう褒めてくれるのも、すべて『能力模倣』のおかげだ。

「夏希の細工スキルを使ってるからね。それよりロアの土魔法のほうがすごいよ。もう攻撃魔法だってできるんだろ？」

「はい、桜さんがいろいろ指導してくれたので……。あんな使い方があるなんて、今まで思いつきもしませんでした」

「それをちゃんと理解して成功させるんだから、ロアに才能と技術がある証拠だよ」

「ありがとうございます。村のために、もっともっと励みますね」

日本の知識に加えてあの桜の発想力が合わされば、それこそ鬼に金棒だろう。その証拠に、ロアは何種類かの攻撃手段を習得していた。

「最低でもあと3つは作りたいから、明日もよろしく頼むよ」

「はい、わかりました！」

午後からは、ルドルグと合流して新居の建築を手伝うことに――。

「なあ長よ。ひとまず何軒建てる予定なんだ？」

「そうだな。急がなくていいけど、もう6軒ほど建てようか。集会所の材料が揃ったら、そっちを優先する感じで頼むよ」

「あいよっ。今は男手が足りねぇからボチボチやってくぞ」

「ああ、無理せずほどほどにな」

（6軒建てても敷地の余力はあるが、そのあたりも考慮して拡張しないとな……）

異世界生活48日目

ラドたちが村を出て5日目。予定どおりであれば、今日にも帰還してくるだろう。

トイレは無事に完成。以前作ったものに比べて随分とマトモなものになった。兎人用の住居もあれから2軒完成しており、今日にも3軒目が仕上がりそうな勢いだ。

それとこの4日間、冬也と桜から経験値を90パーセントで徴収していた。お互いの距離は関係ないようで、私のレベルが6から11まで一気に上昇している。ひとまず検証はできたので、30パーセントまで設定を引き下げた。

そんな私は1人、敷地の拡張について悩んでいるところだった。

村をそのまま広げた場合、安全地帯は広がるけど、利用しない無駄な土地も増える。それに拡張をすると森の木々が消えてしまう。伐採してから拡張しようかと迷っていた。

街のほうへ延ばすことも考えたが、現状ではあまりにもリスクが大きすぎる。転移者に村の存在を公にするのはもう少し先延ばしにしたい。

ラド曰く、村から南に行ったところに海があるという。……が、断崖絶壁のため、とても降りられたもんじゃないらしい。海水から塩を採ったり、魚を獲るのも無理そうだ。

一方、獣人族の街があるほうは、海岸に砂浜が広がっていて、塩産業も盛んにおこなわれている。今のところは街で購入するほうが無難だと思う。

——となると、一番良さそうなのが北へ延ばす案だった。

まず、村の周りをある程度大きくする。そして残った敷地を、上流のほうへ向かって川沿いに細く延ばす。川を囲い込むカタチでだ。

上流までの水源の安全確保と、北にある山での鉱物や石材採掘。念のためではあるが、東から来る魔物への防壁などのメリットもある。なんにしても、次にスキルアップするのがいつになるのかは不明、今回は慎重に決めなければならない。

それと結局、ラドたちは帰ってこなかった。悩んでいても仕方ないが……どうしても不安がつのる——。

◇◆◇◆◇

獣人族領　ケーモスの街　領主館にて

異世界人が現れて50日が経過

日本人の受け入れや仕事の割り振りも一段落した。住居に関してはまだ完全ではないが……、それもあと少しで目途が立つだろう。

最終的に、約1千人がケーモスの街へ定住することとなったわけだが——。結局、街の戦士団への加入希望者は30名足らずだった。破格の優遇措置を講じたにもかかわらず、だ。

戦闘スキル持ちのほとんどは、男女を問わず冒険者を希望した。おかげで、ダンジョン産の魔石や素材は値崩れするほど供給されたのだが、比較的浅い階層のドロップ品なので、市場にそこまでの影響はない。

面談での様子では、大半の者が人を殺めることに否定的、されど魔物に関しては、自ら嬉々として狩っている始末だ。

（まったく、異世界人というのはよくわからん……）

まあ、大猪やオークの肉は良い食料源となる。いくらあっても困ることはないので、街の運営としては好都合か。

むしろ当てが外れたのは、農耕スキル持ちのほうだ。

当初、日本人が育て始めた麦や野菜は、驚くべき成長速度で収穫に至った。これで一気に食料事情が改善する。と喜んだのもつかの間、2度目の収穫量が激減してしまったのだ……。栽培途中で作物が病気にかかり、収穫物は随分と小さく、品質もあまり良くない。

日本人曰く、土の栄養が足りないらしい。それが何なのか我々には理解できないが、骨や卵の殻を砕いたものや、落ち葉と糞を混ぜたものを利用するんだと、彼らは息巻いて準備しているところだ。

異世界人は高度な文明と知識を持っていた。と、物語では伝えられている。しばらくは彼らに任せておくのが最善だと決断。それと並行して、農地の拡大も同時におこなっている。当面はそちらを頼りにやり過ごすほかなかった。

「ゼバス、首都から戻された奴隷たちについて、何か報告は挙がっているか？」

「はい領主様。反乱や脱走の報告もなく、問題はないようです」

「そうか。まあ連合議会謹製の隷属具だ。そんなことになれば即死だろうがな」

街に集まった日本人2千人のうち、半分は奴隷落ちとなった。犯罪者や反抗する者は当然として、最も多かったのは、頑なに人権を主張する者たちだ。

元の世界に戻せだの、拉致行為に対する補償をしろだの、あげくの果てには自治権を主張し、生活費の補償をしろと……。いったいお前らは、何様なんだと呆れたものだ。

「勝手にこちらへ来ておいて、よくあれだけ吠えられたものだな」

「国が自分たちを召喚した、と主張する者が多数を占めておりましたが、何を根拠にあのような思想に至るのか理解できません」

「異世界人の召喚など聞いたこともない。大昔に来た異世界人も、ある日突然現れた迷い人だったと伝承にもあるしな」

そもそも、ここまで大規模な召喚が可能ならば、当の昔に議会が実行して隷属させているだろう。

「まあよい。それで、最近巷で噂の芋の話だが……手に入れることはできたのか？」

「いえ、市場に出回る量が少量のようでいまだに……申し訳ございません」

少し前から、とてつもなく旨い芋がある、と市井で噂が広まり、私の耳にも届いていた。

「そうか。どこで生産されたのかも不明なのだな？」

「はい。ですが少なくとも、ここケーモス領で採れたものではないようです。他領産もしくは、人族領から行商が運んできたものかと思われます」

行商か……。そういえば最近、人族領との交易が減少していると報告があった。その要因が戦の準備なのか、向こうでも食糧不足なのか、いずれにせよ私に対処できる問題ではない。

「さて、今日は午後から日本商会と面会だったな。抜かりなく準備しろ」

「畏まりました」

獣人族領　首都ビストリア　連合議会、定例会合にて——

「では次、日本人奴隷について報告せよ」

「はっ、奴隷6千人のうち3千人は戦闘奴隷として軍に配属、千人は首都にて農奴となりました。残る2千人は5つの領に返還し、鉱奴や農奴となっております」

「ふむ、戦闘奴隷の状況はどうだ？」

「現在、首都近郊のダンジョン2つを軍で占有、戦闘スキル所持者を優先して鍛錬を実施しております」

「練度はどの程度上がっておるのだ」

「奴隷たちのレベルは平均10、ダンジョン5層まで攻略が進んでおります。奴隷の数が多いため、魔物の再出現が間に合っていない状況です」

一つのダンジョンに1500人が入れるわけもない。かと言って、これ以上ダンジョンを軍で占有すれば、冒険者ギルドからの反感を買う。

「力量のある者から優先して階層攻略。活動できる領域を分散するしかないか……みなはどう考える？」

「そうですな。冒険者ギルドに無理を言って、既に２つのダンジョンを占有している現状では、それしかないでしょう」

「いっそのこと、『大森林』の奥地へ送り込むというのはどうでしょう。被害は覚悟の上となりますがね」

大森林の東は、川を越えたところから強力な魔物が出る。かつて軍を派遣して全滅したことを思えば、かなり無理のある選択だった。

「せっかく手に入れた戦力を減らしてどうする。ヘタに踏み込み、魔物が川を越えてきたらそれこそ一大事だぞ」

「しばらくは現状のまま、じっくりと攻略を進めさせるのが妥当だろう。どうせ人族側も似たような状況だ。むしろ人数が多い分、レベルの上りも遅いはずだ」

「そのあたりは、密偵からの報告を精査しながらとなりましょう。それより気にすべきは、人族側に現れた『勇者』や『賢者』などの存在でしょう」

「他にも『聖女』と『剣聖』だったか、なんでも、ユニークスキルという特殊なスキルを所持しているらしいな」

まだ詳細は判明していないが――。国王直々にお触れを出し、勇者たちの存在を明らかにしたらしい。

（しかし、またも勇者が現れるとはな……）

我ら獣人族の伝承にはこうある。

かつて大陸の東西を完全に分断していた大山脈。大昔に現れた勇者一行が大魔法を放ち、山脈南端の一部を消滅させた。その消滅した山脈の跡地が、我ら獣人族領の東にある『大森林』になったと――。

もし言い伝えどおりなら、今回現れた勇者たちも、我らにとって大きな脅威となる可能性があった。

「まだ姿を確認したわけではない。まずは事実確認を優先せねばならん」

勇者らの存在確認と能力の調査。この2つを最優先することで皆が合意した。

「では次に、日本商会の件だ。武具と魔道具に関する協定について詰めていこう」

最近、大きく勢力を伸ばしている日本人の商会。その商会長を務める者は、随分と統率力のある人物と聞き及んでいる。

むろん警戒はすべきだが、武器や魔道具を安価に卸すとなれば無下にはできん。相手の出方をみながら、友好的な関係を維持していくべきだろう。

9章　ナナシ村、防衛戦

異世界生活50日目

帰還予定から遅れること2日、昼前にラドたち全員が戻ってきた。何があったのかはわからないが、ひとまず無事だったことに安堵する。

「村長、遅れてすまない。街の状況を把握するのに少々手間取った」

「そんなことはいい。無事に戻ってくれて嬉しいよ。お疲れさま」

村のみなで出迎え、有志の無事を喜びあっている。

「ちょうど昼にするところだ。休みながら食事をとってほしい。報告はそのあとでいいから、とにかくゆっくりしてくれ」

「買ってきた品はどうする？　倉庫に保管しておけばいいか？」

「ああ、それはこっちでやっとくよ」

急ぎの報告もないようなので、昼食のあともしばらく休息をとってもらう。ラド以外の兎人たちは、今日一日そのまま休ませることにした。

荷物整理や在庫管理、その他諸々の作業を終え――。たっぷり3時間ほど過ぎた頃、主要メンバーを集めて村会議を開くことになった。

「ラド、改めてご苦労だった。早速だが、兎人の集落について頼むよ」

「そうだな。結論から言うと、全員ここへの移住を希望している。これだけ安全に暮らせる場所だからな。既に我々がいることもあり、集落を離れることにも未練はないと言っていた」

どうやら無事に賛同を得られたようだ。

「それとな……。村長はあえて聞かないのだろうが、一つだけ言わせてくれ」

「ああ」

「我らが匿ってもらったとき、他に行く当てはないと私は言った。もう一つの集落に逃げれば、襲ってきた日本人がまた来るのではと考えたのだ」

「だと思ったよ」

「私はそれを隠して頼ったのだ……」

兎人族は、同族をとても大事にする種族だと前に聞いたことがある。きっと他の部族に迷惑をかけたくなかったのだろう。

「ラド、何も問題ない。全ては忠誠度が語っているよ。兎人族に対して疑いの気持ちはない」

「すまん……どうしても今のうちに話しておきたかったのだ」

「――さて、ラドもスッキリしただろうし、いつ頃くるのかを聞こう」

「そう、だな。明日、向こうに2人ほど送る。荷物はまとめているだろうから、3日後にはこちらへ到着すると思う。10人全員だ」

「そうか、よくやってくれた。忠誠度のルールは守ってもらうが、できれば全員受け入れたいよ」

上手く事が運べば、これで村人は29人になる。労働力もさらに増え、村の生活は格段に安定すると思う。

「じゃあ次に、交易の成果を頼む」

「高値で売れたのは芋と布だ。日本人の所持品も、まずまずの値で買い取ってもらえたぞ。……ただ魔物の素材はかなり値崩れしていた」

ラドの言うように、素材については二束三文だった。大蜘蛛の糸だけ値上がりして、ほかは底値に近かった。

「購入したのは塩と釘、これは運べるだけ買ってきた。ほかにも、調理具と数種類の果物、麦や香辛料も少し購入したぞ」

「ずいぶん買ったんだな。そんなに良い値で売れたのか?」

「ああ、そうなんだ。それこそ、芋なんかは奪い合うように売れたぞ。それに布もかなり需要が高かった」

芋については、現地で調理して試食させたら、あっという間に売り切れたらしい。奪い合うようにってのも比喩じゃなかったようだ。

「それと、防水用の樹液も買ってきたぞ。浴槽に使えるんじゃないかと思ってな。ダンジョン産の質の良いものが安く買えたのだ」

「え、ダンジョンがあるんですか！」

「すげぇ！　異世界っぽくなってきたな！」

ダンジョンというワードを聞いて、夏希と冬也が食いついてきた。あれやこれやとラドに質問攻めを始めてしまう。

「おいちょっと待て。そういうのはあとで盛り上がってくれ。それでラド、芋や布が高値の理由はなんなんだ？」

「それについては、街の様相とも関わってくる。それも含めて報告したいが、いいか？」

「ああ、もちろんだ。できるだけ詳しく教えてくれ」

「それを話す前に、まずはこれを見てくれ。冒険者ギルドに依頼して、文書にしてもらったんだ。我々は文字があまり得意ではないのでな……」

今度は『冒険者ギルド』の存在を知り、数名が大きな反応を示す。が、華麗にスルーを決め込んで話を続ける。

「依頼料は多少かかったが、詳しくまとめてある。内容は読み上げてもらって確認済みだ。ただ……村長らに読めるだろうか？」

ラドが渡してきた文書を広げると、そこにはこの世界の文字が書かれていた。そしてその文字に重なるように……日本語としても見えている。

「はい出ましたっ！　異世界翻訳ー！」

「なるほどなるほど。文字が重なっていても違和感がない不思議、さすが異世界ファンタジーよね！」

「……ラド大丈夫、読めるようだ。みなもちゃんと内容を見てくれよ」

夏希と桜が大いに盛り上がっているが、もう突っ込むだけ無駄なので放置しておく。ギルドの発行した文書を要約すると、以下のような内容が記してあった――。

私が転移した日の同時刻、日本人と名乗る大勢の男女が突如として現れた。何の前触れもなく、街のあちこちに出現したらしい。年齢は15歳から50歳までと、のちの報告で判明。男女比はほぼ均等で、子どもや老人は1人もいなかったそうだ。

街にいた数は約1千人、守備隊と冒険者により数日かけて一時収容される。それから20日間のうちに、街に集まって来た数も含め、計2千人が確認された。反抗する者は捕縛され首都に連行、もしくは処断された。

現在、街にいる日本人の数は約1千人。冒険者をはじめ、農業や街の産業に従事している。街には比較的従順なものが残され、他は首都へ移送された。その者たちは、処刑もしくは奴隷として扱われている。

ほかの街でも同様の現象が起きており、首都に集められた人数は、最終的に1万5千人。そのうち6千人が首都で暮らすことを許可された。残り9千人のうち、3千人が処刑され、6千人が首都や街で奴隷となり、強制労働をさせられている。

日本人に共通することは2つ。全員がスキルを持っており、職業というものがステータスにあること。この世界に来る直前に、強烈な光を浴びたことだった。

「とんでもない人数が転移して来たんだな……。首都や街を含めると、2万人とかになるぞ」

「街や都市に辿り着けなかった人を含めたら……。しかもこれ、獣人族領だけの話ですよね？」

「途中で死んだ数のほうが圧倒的に多いだろうな。なあラド、人族領って、獣人領の何倍くらいの領土なんだ？」

「詳しくは知らないが、おおよそ5倍くらいだと思うぞ」

「5倍か……。たぶんこれ、百万人とか来てるんじゃないか？　大陸の西側だけでこの数だぞ」

「東側なんてほぼ全滅なんじゃ？」

「だろうな」

大森林の東側は状況が不明だけど……そっちに転移した人がいれば、まず生きてはいないだろう。場所的に言えば、私たちはギリギリセーフの部類だった。もう少しズレてたら死んでいたところだ。

「話の規模が大きすぎて、頭の整理が追いつきません」

「そうだな、ちょっと休憩しようか」

ある程度は予想していたが、さすがに何十万規模の集団転移なんて……。あまりの規模と人数に、ここにいる全員が困惑していた。


休憩を済ませ——、ゾロゾロとみんなも戻ってきたが、どの顔もあまり思わしくない。そんななかで再び話が始まった。

「なんか考えちゃうことが多すぎて、未だに困惑しています」

「わたしも頭がパンクしそうだよー」

他のメンバーも頭を悩ませていた。

「私も同じようなもんだけど、まずは自分の考えを聞いてくれ」

あれやこれやと悩んでも仕方がない。気持ちを切り替え、村に関わることだけを拾い上げてみる。

「街や都市の対応がいろいろあって、危険なやつは処刑されたか奴隷にされた。――で、わりと従順な人や、異世界ものをかじってるやつなんかは、上手いこと保護されて暮らしだした」

ここで一度言葉を区切り、

「街の外から来た人が、転移して20日までに収まった。まあ、中には隠れ住んでるのもいるだろうけど……。あと、東はこの際無視だ。人族領も現時点では情報がないから放置。ここまではどうだろう、少しはスッキリしたと思うけど」

「そうですね。なんとなくわかります」

他の者もまばらに頷いて返してきた。

「突然すごい力を持てば、暴走するやつが必ず出てくる。そいつらが何をやらかすか。その結果、この村にどう影響するかを考えたらいいと思う」

「なるほど、でもほかの問題は放置しちゃって大丈夫ですかね」

「わからん。大丈夫じゃないかもな」

「「え？」」

全員、口を開いて呆けている。

「でもさ、街と交易可能なうちは、結界があるし、生きていられるだろ？」

「そりゃそうですけども……」

「転移者が何かやらかして街が封鎖。そうなる前に、塩などの必需品を貯め込んでおく。それなら数年は問題ないんじゃないか？」

「「たしかに」」

「それだけの期間があれば、南の海にも手が出せるようになると思う。現実問題、今の戦力では、防衛はできても攻めるのは無理だ。なら、動けるうちに備えを万全にしておこう」

「それしかできないのは事実ですね」

「みんなもすぐに結論は出ないと思うし、良案も含めてまた明日続きを話そう」

すぐに結論を出せるものではない。村会議は明日に持ち越すことにして打ち切った。

異世界生活51日目

翌日、村のみんなで朝食を摂ったあと、兎人の2人がもう一つの集落へと出発した。順調にいけば2日後、10人を連れて戻ってくる。

見送りを終えた村人たちも、建設班と農業班、機織り班に分かれて、それぞれの作業に出かけていった。

そして今日も今日とて、朝から村会議の続きをしているところだった。

「──それでラド、芋と布が高騰しているのは、日本人が一気に増えたことが原因なんだよな？」

「ああ、間違いないぞ。食料はもともと不足がちだったからな。まだしばらくは続くと思う」

「そうか……。村には食料の備蓄が十分すぎるほどある。これを中心に売って、早いうちにいろいろと買い揃えておきたいところだ」

「だったら、運搬経路を短縮したいところですね。そのためには、占拠された集落をなんとかしないと……」

そう言った桜が、冬也とともに偵察を志願してきた。いつまでも集落の問題を放置できないし、状況の把握だけでもするべきだろう。

「わかった。２人に任せる」

「偵察なら兎人の聴覚が役に立つ。我らからも数名つけよう」

「それはありがたい。──じゃあ最後に、今後の活動について整理しておこうか」

各自の役割分担を説明していく。

・椿を中心とした農業班

・夏希を中心とした加工班

・狩猟班は桜と冬也、兎人の男性数名で編成
・建設班はルドルグと数名を配置
・10人の兎人が合流したら、各班に増員して作業効率を上げる
・占領された集落の状況確認と、兎人の合流が済み次第、ラドたちに街との交易を担当してもらう

「以上だが、私が何か指示しない限りは、各自の判断で行動してくれ」

この場にいる全員が同意したので、会議はこれでお開きとなる。――と、各自が担当作業に向かおうとして席を立ったとき。

ラドがウサ耳をピンと立たせ、急に険しい表情を見せる。

「村長、集落を奪ったやつらがここに向かって来ている！　かなりの人数がいるようだ！」

どうやらここの存在がバレたらしい。まあ距離も近いから時間の問題だったのだろう。それにしても、偵察の話がまとまった矢先に襲来とは……。なんとも格好がつかない感じになってしまった。

「そうかわかった。外にいるみんなには、各自の家に戻るよう言っといてくれ。慌てなくても結界があるから大丈夫だ」

ラドは兎人の聴覚を利用して、すぐにみんなへと伝えていた。

「まずは私が対応するから、ここにいるメンバーはこのまま待機してくれ。できるだけ多くを罠に落とすつもりだ」

「はい！」「わかった」

「ラドは一緒に来てくれよ」

「ああ、全て村長の指示に従おう」


それからしばらくすると、西の森から集団が現れた。

よほどの自信があるのだろうか、ずいぶん呑気な雰囲気で向かって来ている。あるいは演技かもしれないが、警戒している素振りも見せていない。

こちら側は私とラドの２人、対するは11人の日本人集団だ。以前に聞いた人数よりも２人少ない。

両者が結界を挟んで向かい合う――。

「なんだお前ら、俺の村になんか用か？」

村人にするつもりは微塵もないので、あおり口調で相手を挑発する。全員、警戒心のカケラもなく、ニヤニヤと笑い合っていた。

「おお、ずいぶん立派な村だなぁ。こりゃあ最高の拠点になりそうだ」

恰幅のいい男が、下卑た笑いを見せながらそんなことを言った。どうやらこの男が集団のリーダーらしい。

「なに馬鹿なこと言ってんだ。冗談はその顔だけにしとけよ？」

「くくっ、強気なのは結構なことだがなぁ。どうせここで死ぬか、オレの奴隷になる運命だぞ？」

相変わらず太々しい態度のままだ。

「その自信がどこから来るのか知らんがな。お前らごときじゃ、この結界は絶対に壊せん」

「ハッ、こんな膜みてぇなもんが結界かよ。おめぇの魔法も大したことねぇな」

どうやら、村の結界を何かの魔法だと勘違いしているようだ。

「だから何だ？　諦めてとっとと消えろ」

「あはっ、あぁはははっあ！　オレたちがなんの対策もしねぇで来るわけねぇだろうがよ。

――なあお前、『封術師』って知ってるか？」

たぶん魔法を封じるスキルだと思うが、結界は魔法でも術でもない。相手は切り札のつもりなんだろうけど……とんだ勘違いをしているようだ。無駄なことはわかっているが、ここはあえて怯んで見せる。

案の定、私が大げさに驚いて見せると、

「今すぐ殺してもいいんだが……、大人しく従うなら命だけは助けてやるぞ。ただし、女は全員置いてってもらうがな」

驚くほど定番のセリフを吐いたので、思わず笑いそうになった。それをなんとか我慢しつつ、村の全員を呼んで私の後ろに並ばせる。

「やってみろよ。こっちも容赦はしない」

「おいおい、そいつらめちゃくちゃ弱いだろ。そんなやつらが集まったところで何ができると思ってんだ？」

「御託はいいからさっさと来いよ。威勢がいいのは口だけか？　ああ、顔もか」

「……まぁいい、せいぜい抵抗して死んどけ。おいお前ら！　手筈通りに行くぞ」

相手のリーダーがそう言うと、ひょろっとした男が前に出て叫んだ。

「魔法術式封印！」

念じれば発動するのに、わざわざ恥ずかしい詠唱をするひょろ男。両手を前に突き出して叫ぶと同時に、私は結界の拡張をイメージする。

敷地を広げるのが目的ではない。結界を点滅状態にして、あたかも結界に影響が出た――かのように演出するためだ。ついでに、こちらが焦っているかのようなセリフも添えておく。

「なっ、結界が消えそうだ……。全員下がれっ！　このままだと結界が破壊されてしまう！」

村人のほとんどは私の演技に気づいているが、そうでない者に合わせて後ずさる。

「完全には封印できねぇか……。まあ上出来だ。全員一斉に攻撃しろ！」

「うぉおお！」「オラァァ！」

馬鹿なやつらで本当に良かった。まんまと騙されたやつらは、武器を手に結界を全力で攻撃している。中には火の玉を出しているやつもいたが、結界はビクともしない。

全員が攻撃しているのを見て、すぐに侵入の許可と追放を念じる――。と、次の瞬間には、ほぼ全員が穴へと落ちていった。

「グェ」「うあぁぁ！」「きゃあ！」

「痛ってぇ……何が起こったんだ!?」

結界から離れていた魔法使いも、突然仲間が消えたことで呆気にとられていた。

と、次の瞬間、冬也が結界から飛び出して心臓を一突き。魔法使いを亡き者にする。

「ふぅ、いくら何でも、ここまで上手くいくとは思わなかったよ。典型的な馬鹿でホントにありがたい」

みなにそう言ってから、穴のほうへと全員で向かう。前回よりも深く掘ってあるから、登ることはまず無理だ。

「さあみんな。こいつら全員始末するけど、誰かやりたい者はいるか？」

私がそう聞くと、桜と椿、それにラドとロアがすぐに申し出てきた。

「冬也はいいのか？」

「今回はラドたちが殺りたいだろ？　オレは遠慮しとくわ。さっき殺ったしな」

「そうか、じゃあ早速やってしまおう。――よし、まずはロアと椿で穴を埋めてくれ。桜は水魔法で泥沼にするんだ」

この間もやつらは必死に藻掻き騒いでいるが、全て無視する。

ロアが魔法で土を出し、椿はスコップで穴に土を落としていく。その様子を見ながら、桜が水を出して泥に変えていき、やつらの胸あたりまで浸かったところで一旦やめさせる。

「よし、あとは埋めたい人でどんどんやっていこうか」

そういうと、兎人たちの全員が土を投入していった。相当恨みが強いのか、子どもですら躊躇する者はいない。

「ま、待ってくれ！！！」

「ああ、そういうのいらないから。もう全部手遅れだ」

ほとんどのやつが命乞いをしてくるが、兎人たちは誰も気にせず淡々と埋めていく。

やがて全てが埋まり尽くし――、誰の声も聞こえなくなった。

「集落を奪ったやつらはいなくなった。残りも片付ければもう安心だ」

兎人族は自らの手で報復できたことに、声には出さないが満足しているようだ。

「ああ、でもみんな、集落に戻るなんて言わないでくれよ。ずっとこの村にいてくれ」

「村長、もちろんだとも。これからもよろしく頼む」

今回のおこなった対処に、皆が忌避するようなことはなかった。私自身も驚くほど冷淡でいられた。というより、偵察の手間が省けてむしろ感謝しているくらいだ。

そのあと村のみなは、いつもと変わらない日常を過ごしている。まるで何事もなかったかのように各自の作業へと戻っていった。

その日の夕飯はいつもより豪華に。兎人族の報復と交易への第一歩を祝い、みなで村の安全を喜び合った。

異世界生活53日目　前回の襲撃から2日経過――

集落へと迎えに行っていた兎人が、予定どおり10名を引き連れて村に帰ってきた。

事前の説明が功を奏したのか、忠誠度のほうもまったく問題ない。全員、無事に村の中へ入ることができている。新たな村人のステータス確認を終えて、明日からの作業分担と、住居の選定をしているところだった。

「啓介さん、お疲れさまでした」

「ああ、椿が手伝ってくれて助かったよ。何か気になる点はあった？」

「いえ、とくにありません」

残念、というか妥当というか。今回村人になった者の中に、スキル所持者は1人もいなかった。それでも、労働力が一気に増えたことは、村の発展に大きな影響を与えると思う。

「村長、今戻ったぞー」

「おう冬也、集落はどうだった？」

「今日も誰1人見なかったぞ。3日連続だし、残りの2人は死んだか街にでも行ったんじゃないか？」

襲撃のあった日から今日まで、3日かけて集落周辺を偵察させていたのだが……残り2人の姿は影もカタチもなかった。

「そうか。なら偵察はこれで打ち切ろう。さすがにもう大丈夫だろうし、正式な運搬ルートとして採用できるな」

「じゃあ明日からは、交易路の伐採に取り掛かってもいいよな？」

「ああ。冬也と桜、それにロアを中心に編成してくれ」

これから幾度も村と街を往復することになる。ラドの集落を中継点にして、街までの交易路を確保する計画だった。

もしこの道が開通すれば、1日かけずに街へ到着できるはず。交易が楽になることは間違いない。ラドたち交易メンバーにも2回目の準備を頼んでおり、明日には出発してもらう予定でいる。今回も塩を中心に、釘や香辛料を購入したいところだ。

兎人の受け入れを済ませたあとは、椿と2人で田んぼの近くに来ていた。敷地を拡張する範囲をどうすべきか、その打ち合わせをしているところだった。

「よし、農地をどう拡げるかの最終確認だ」

「はい、お願いします」

「今ある田んぼの北側に、同じ大きさの麦畑を作る。それと野菜畑を今の3倍にする。これで間違いないな？」

「ええ、それ以上拡げても手が回りません。今回はそれでお願いします」

先日、農地を拡げたあとの収穫量をざっくりと計算してもらった。それぞれ1回の収穫で、村人30人が1年食べていける量が獲れるらしい。それが20日程度で収穫できてしまうのだから、年間の収穫量に換算すればとんでもないことになる。

椿曰く、村人が１５００人になっても主食には困らないらしいので、どれだけ売りさばいても村には全く影響はない。それどころか、むしろ売らないと倉庫に入りきらなくなる。

「——けさん、啓介さん！」

「あ、ごめん。考えごとしてた」

「あまり悩みすぎないでくださいね」

「いや、贅沢な悩みだったから大丈夫だ。それじゃあ始めるぞ」

３００メートルの正方形をイメージして敷地を拡げていき、周囲に問題がないのを確認してからすぐ固定した、のだが……。

果たして、この広さをどう表現していいのだろう。某ドーム球場がすっぽり入って、それでもまだかなりの余地があると思う。人口30人程度では、とても使いきれない広大な土地を手に入れた。

「これはまた、ものすごい広さになりましたね……」

「信じられるか、まだこの3倍近く拡げられるんだぜ」

「そ、そんなに……すごい」

２人でお馬鹿な会話をしているところに、村人たちが大集合してきた。

「みんなどうだい？　この広大な土地全部が村だぞ。しかもな、この3倍の広さにすることだって可能なんだ！」

「「さ、３倍だって⁉」」

広がった土地があまりに大きくて、私もみんなも変なテンションになっていた。せっかく全員が集まったことだし、今後の拡張方針を話しておくことに——。

「明日、北の大山脈まで、川沿いに敷地を伸ばす予定でいる。危険はないけど、距離も結構あるし、不用意に行かないでくれよ」

「すぐに調査しないんですか？」

「拡張したら、そのついでに様子を見てくるよ」

「そうですか。何か掘り出し物があるといいですねー」

今後の説明も終わり、皆が散り散りになったところで川のほうへ向かってみる。と、川を挟んで東側にも、敷地が延びていることに気づいた。

「向こう岸にも結構広がってますね」

「20メートルくらいはありそうだ。そのうち何か利用することもあるだろうさ」

「ですね。果樹園なんかも良さそうです」

「そのへんは椿に任せるよ」

「では、田植えに向かいますね。明日の探索を楽しみにしてます」

椿と別れ、広がった敷地をグルッと視察してその日を終えた。

10章　春香と秋穂

異世界生活54日目

翌日の早朝、ラドたち交易班を見送ったあと、私と椿も北の山脈へと向かった。

川べりに到着して早々、北の方角へと敷地を拡げる――。拡張幅は最小の10メートルに設定。これは少しでも距離を稼ぐためである。

ふと気づいたのは、延ばした敷地の結界だけが点滅していることだ。村を囲っている結界はいつもと変わりがなかった。とくにこれといった意味はなく、なんとなく気になっただけだ。

「固定しなくても結界は有効だけど、念のために周囲は警戒してくれ」

「はい、啓介さんがいるので心配はしてません。あ、警戒はしっかりやりますね」

「お、おぅ」

1時間ほど歩いたところで休息をとる。ここまでは、森と川が延々と続いているだけ。魔物も見てないし、景色の変化もなかった。

「とくに代わり映えはしませんね。魔物も出てきませんし」

「だね、水深も川幅も変化ないみたいだ」

「水もきれいで良い雰囲気です」

　２人ともレベルアップで体力が上昇しており、疲れもないのでどんどん進みだした。さらに1時間ほど歩いたところで、ようやく目的の山脈に到着。と、そこには、頂上が霞んで見えないほどの絶壁がそびえ立っていた――。

（うへー、こりゃ踏破できないわけだ……）

　絶壁の一部に切れ目があって、そこから水が噴き出していた。どうやらここが源流のようで、小さな滝のようになっていた。その滝の下には大きな泉ができている。

　その幻想的な光景を見て、椿も息を呑んで見つめている。私もしばし呆けていたが、目的を思い出して動き出す。

「つい景色に見蕩《みと》れてしまうが、とりあえず敷地を固定しちゃうよ」

　滝ごと巻き込む感じで敷地を固定する。少しでも隙間があると、魔物なんかがすり抜けそうだったので、岩肌の表面ピッタリまで拡張する。

「あ、ふと思いついたんですが――」

「ん？　どうした椿？」

「敷地って、土地同士が繋がってないと拡張できないんですかね？」

「どうかな。試したことないや」

思い返せば、飛び地になるように拡張したことはなかった。そんな必要性はなかったし、そもそも思いつきもしなかったのだ。せっかくなので試してみようと、飛び地になるように森へ向かって拡張してみる。

「お、できそうだな？」

「今ある敷地とは完全に独立していますね」

「いやこれは……。もっと早い段階で気づくべきだったわ」

「大丈夫ですよ。私もたまたま思いついただけです」

「そ、そうだよな。大事なのは今後にどう生かすかだよな！」

「そうです！　これからですよ！」

少しの間、何とも言えない空気が２人を包み込んだ。

「ねえ啓介さん。例えばですけど、街の中で敷地拡張したら……どうなるんでしょうね？」

椿がそんなことをポツリと言った。

「街ごと占領できちゃったりして？」

「うへー」

椿に言われたそのひと言に、思わず変な声が出てしまった。敷地拡張の可能性に気づかされた瞬間だった。

「今後の対策にも役立ちそうだ。結果オーライってことにしとこう……」

この件はひとまず保留にして、周囲の観察に移る。滝つぼの周囲にはきれいな泉ができている。周りも開けていて草花なんかも咲いており、とても美しい光景だ。

一方、高々とそびえ立つ絶壁は、硬い岩盤で構成されているようだ。ファンタジーに登場するミスリル鉱石とか魔鉱石が発掘できたら、なんてことを思っていた。

ほかにはこれといって気になるものはなく、泉の周囲を何の気なしに歩いていたとき――。

滝つぼの裏側、滝に隠れている場所に、小さな横穴を見つけた。

「椿っ、ちょっとこっちに来てくれ！」

滝の裏側に小さなほら穴を見つけた私は、大きな声で椿を呼んだのだが……、滝が落ちる音が大きすぎて聞こえていないようだ。そのあとも何度か叫んでみるが、椿は泉の中に視線を落としたまま気づかない。

仕方ないと諦め、ひとまず合流しようと椿のほうへ足を向けたとき――。

「に、人間だあぁぁぁ！　秋《あき》ちゃん、人間がいたよ！　あブッ」

滝の音など関係ない、と言わんばかりの大きな叫び声が聞こえた。なんか最後に変な声も聞こえたが……間違いなく女性の日本語だった。

こっそり穴の中を覗くと、鼻血をだらだら垂らした女性と目が合う。さっきの変な声は、結界に顔をぶつけたものみたいで、笑い泣きしながら鼻血を垂れ流している。そして、今も至近距離で見つめられ……かなり背徳的な光景がそこにあった。

結界を挟んで、お互い無言のまま見つめ合っていると、穴の奥から女の子が顔を見せた。冬也たちと同年代ぐらいに見えるその子は、自身もむせび泣きながら、鼻血を垂らした女性の治療をおこなっている。

その女の子は女性の鼻に手をかざすと、ポワッと淡い光で包み込んでいたのだ。

「なあそれ、もしかして回復魔法か!?」

「――まーうーす」

何かしゃべっているようだが、滝の音もうるさいし、声が小さくて全然聞こえない。そうこうしているうちに、椿がこちらに気づいてやってきた。私が横にズレて2人を見せると、

「え、こんなところに人が……？」

そう言ったまま椿も固まっている。まだ泣き笑いしている女性が、私と椿を交互に見たあと、叫ぶように言った。

「お願いします！　私たちを村に入れてください！　なんでもしますから！」

（な、なんでもだと!?）

いやいや、それ何回目だよ！　と心の中でノリツッコミしながら返答をする。

「大丈夫だよ。悪いようにはしないから、落ち着いて話をしてほしい」

「やったあああ！」

「っ！」

２人は抱き合って喜んでいた。


しばらく落ち着くのを待ってから、村に入るための条件やルールを説明。

相変わらず滝の音がうるさくて聞き取りにくかったが、とくに疑っている様子もなく、すんなりと受け入れてくれた。そして、「すぐにでも村人になりたい」と申し出てきたので居住の許可を出した。

結界に弾かれることもなく、村人になった２人を連れてひとまず滝から離れることに――。

ここまでくれば静かだし、普通に会話ができるだろう。

「ふぅ、ここまで離れたら大丈夫か。さっきも説明したけど、この結界の中は安全だから落ち着いて話そう」

川で顔を洗ってひと息ついた２人は、身に着けているものはボロボロだが、顔色や肉づきなんかは良さそうだ。転移してから結構経っているが……どうやって生き延びたんだろうか。

「私は啓介、歳は40だ。こちらの女性は椿という。私がこの世界に来て、最初に遭遇した日本人だよ」

「椿です。今年で24になります。村では主に農業を担当しています」

私たちが自己紹介をすると、２人もそれに応えて挨拶をしてくれた。

「わたし春香《はるか》って言います。33歳独身、『鑑定』のスキルが使えます！」

（おお！　ついに見つけたっ！）

異世界定番の鑑定スキル。まさに王道と言えるスキル保持者に遭遇して、興奮するのを必死でこらえる。

「私は秋穂《あきほ》、16歳。能力は『治癒魔法』で、傷を治すことができます」

もともと声が小さめの子のようだ。少し遠慮がちだが、言葉や口調はしっかりしている。そして『治癒魔法』、病院も薬もない村にとっては必須の存在と言えるだろう。

「２人ともありがとう。ちなみに、能力の把握は春香さんの『鑑定』でかな？」

「啓介さんのもさっき洞窟で見ました！　すごいですよね！　ユニークスキルですもんね！くぅー！」

洞窟での初遭遇のとき、私がまだ何の情報も伝えてないのに、いきなり『村に入れて』と言ってきた。あのとき鑑定で、私たちのステータスを確認したんだろう。

「啓介さんの『能力模倣』で、私たちのステータスを確認してみてくださいよ！　不足分は私が補完するので！　さあさあ！」

春香さん、さっきからグイグイ攻めてくる……。孤独な環境からの解放感もあるんだろうが……どちらかと言えば、もともとの性格によるものがほとんどだろう。

「そ、そうだね。じゃあやってみるよ」

春香Lv14　村人：忠誠90　職業：鑑定士
スキル　鑑定Lv４：生物や物に対して鑑定ができる。※鑑定条件：対象を目視。自身に対する鑑定を阻害できる。

まずはレベルが14と高いのが目につく。今日に至るまで、相当な数の魔物を倒してきたのだろう。

そしてこの忠誠心だ。桜と同じく最初から90の大台を超えていた。ここまでの話しぶりからも、ファンタジーに強いのは間違いない。村の安全性についてもよくわかってるんだろう。

鑑定に関しては、まあなるほどといった感じだ。もちろん有能なのは間違いない。

春香さん曰く、最初の頃は直接触らないと鑑定できなかったらしい。かくいう私も、体のどこかに触れないと鑑定できなかった。

「ちょっと鑑定阻害をしてみてくれる？」

私が頼むと「はい、どうぞっ」と、手のひらを前に出してくる。その手に触れて鑑定してみるが、先ほどと違い、何も頭に浮かんでこない。スキルが弾かれるような感覚はなく、何も感じないというのが正直な感想だった。

「確認なんだけど、忠誠度もちゃんと見えてるのかな？」

「はい、椿さんや秋ちゃんのは見えてますよー。村人になる前は表示されなかったけどね」

「そうなのか。まさに万能スキルだな」

「ファンタジーの王道ですよねー！」

(なんだろう、適応力が抜群に高いなこの人……。だからこそ、この過酷な状況でも生き残れたんだろうが……)

「うん、じゃあ秋穂さんのも見させてね」

秋穂Lv9　村人：忠誠80　職業：治癒士
スキル　治癒魔法Lv3：対象に接触することでMPを消費して傷や状態異常、病気を治癒する。

秋穂さんも、春香さんほどではないがレベルは高い。２人で必死に生き抜いてきたことがよくわかる。

忠誠も80あり、かなり信用されている。安全な場所の確保と、同郷の人に出会えたことの安心感も要因だろう。口数は少ないが、異世界系の心得もありそうだ。

職業は治癒士。桜やロアもそうだが、ＭＰを消費するものが魔法のくくりになっている感じがする。そして肝心の治療魔法、最初は傷の治療だけだったらしいが、スキルレベルが上がる毎に、治癒速度や効果が高まったと教えてくれた。

「これまでに、どの程度の怪我を治せたのか教えてくれるかな？」

「裂傷や骨折です。一番酷かったのは、ゴブリンに噛みつかれて抉り取られた腕の治癒です」

「あのときかぁ……。あまりの痛みに大発狂したもんなー。マジで危なかったんですよ！　もう血がドバドバと――」

「相当の修羅場を経験してるんだな……。戦力としても大いに期待してるよ」

「啓介さん、わたし、なんでもやりますよ！」

「私もやれます。遠慮せず使ってください」

「ありがとう。よろしく頼むよ」

スキルが優秀なのはもちろんのこと、サバイバル能力も申し分ない２人が村の一員となった。

自己紹介とステータスの確認も終わったので、あとは村に帰りながらいろいろと話すことにした。たいした荷物はなかったが、ほら穴にある保存食や道具類を持ち出して村へ向かう。

「いやホント助かりましたよ。生活はなんとかできても、精神的にはかなりヤバい状態でしたから……」

「たった2人で2か月近く生き延びるなんて、私じゃ絶対無理だ。2人のことは素直に尊敬してるよ」

「秋ちゃんの治癒魔法がなかったら、負傷ですぐ死んでましたけどねー」

「秋穂さんも魔物を相当狩ってるようだし、頼もしい限りだよ」

「村長、私のことは秋穂と呼んでください」

「あ、じゃあわたしも春香で！」

「そうか……。なら秋穂、異世界系の知識はどれくらいあるのかな？」

「小説も読むし、アニメも見てましたね。スローライフものが好きでした」

相変わらず声は小さいが、ハキハキと話している。表情もさっきより明るく見えた。

「春香はどうなの？　相当嗜《たしな》んでそうに見えるけど」

「嗜みまくりですねー。異世界ものに限らず、手当たり次第に見たり読んだりです。あとは……サバイバル系のゲームにハマってましたね！　って、わかります？」

「自分でキャラを操作して、狩猟したり建築したりするやつかな？」

「ですです！　某恐竜サバイバルをやり込んでました！　これがまたハマるんですよぉ」

「おおマジ？　俺もそれやってたぞ！　アレ最高だよなー、わかるー」

お互い、同じゲームにハマっていた同志だということが判明。話はさらに盛り上がった。

「案外同じサーバーでやってたかもですよ！」

「うわー悔しいな。先に日本で知り合いたかったわ」

「まあこうなっちゃったら……、自分の体で体験していくしかないですよねー」

「ここだとホントに死ぬけどな……」

「んー、なんかわたしら気が合いますね。趣味も一緒だし、歳も一番近いみたいだし？」

女性からそう言われて悪い気はしない、しないのだが……。何気なく椿を見ると、ちょっと不機嫌そうな空気を感じた。

「……そうだな。かなり信用されてるみたいで安心してるよ」

「ほぉ、なるほどなるほど――そういう感じなんですね。問題ありませんよー」

趣味被りが嬉しくて、つい素の感情が出てしまったが、雲行きが怪しくなってきたので、この話題は切り上げた。決して天気の話ではない。

その後も小休止をとりつつ、お互いの生活や村の経緯などを話しながら帰っていった。

4人で村に戻ると、村のみんなが昼食の準備をしているところだった。

さっそく春香と秋穂の2人を紹介して、能力のことや北の状況について話し合う。新たな村人の登場に、村全体が歓迎ムードで、終始賑やかに進行していく。

——と、2人の住居をどうするかの話題になったとき、夏希が唐突に、兎人用の竪穴式住居に移りたいと言い出した。

「啓介さん、わたしと冬也で住んでもいいですかね？　ちょうど一軒空いてますし、ね、冬也」

「え？　オレそんなの聞いてないぞ？」

「そりゃそうでしょ、今初めて言ったんだし。冬也もいいよね？」

「ええ!?　ま、まあいいけど……」

「建ててるときから住んでみたいと思ってたんですよー。で、村長どうでしょう？」

「べつに2人がそうしたいのなら構わん。だが、お互い責任が伴うことは忘れるなよ」

「はい、ありがとうございます！」

(どうやらこっちでも戦いが始まったようだ。まあ好きにすりゃいいさ)

「なら、空いた部屋に春香と秋穂が入れるな。2人もそれでいいか？」

「はい」「わかりました！」

そんなやり取りがありつつ昼休憩も終わり、各自が作業へと戻っていくなか、日本の女性陣全員が私の自宅へと消えていった――。

1人その場に残った私は、しばらくもの思いにふける。

今、家の中では苛烈な戦いが繰り広げられているはずだ。男児が決して踏み入ってはならない禁断の領域……。

私は自分を、鈍感でも無自覚でもないと思っている。夏希と秋穂は別問題だろうが、椿と桜と春香に関しては、私の取り扱いについて話していると思う。

先ほど北の山脈から村に戻るまでの間、椿は自己紹介のとき以外、ただの一言も声を発していなかった。途中、春香と趣味の話で盛り上がったときは、やっちまったと反省もした。

3人とも、私に対する明確な恋愛感情はないし、もちろん私にもない。でもその代り、好意と依存は大いにある、という感じなんだと思う。

ただ、恋愛感情はなくとも、先に見つけたものを他人に盗られて良い気はしない。俺だって、もしアイツらを他人に盗られたら、かなりのショックを受けるだろうことは自覚している。

以前から、『環境が整うまでは』なんて言っていたが、秋穂の登場により、その問題もほぼなくなった。たぶんそのうち、この話題について直接話し合うときがくるはずだ。

——そのときがきたら、自分の思いを正直に話そうと思っている。

自分の気持ちに区切りをつけ、村を見て回ろうとしたとき、冬也から伐採の誘いを受けた。とくに村で指示することもないので、了承して一緒に森へ向かった。

道幅4メートルほどを目安にして、邪魔な木を切り倒していく。その後方では、ロアと数名の兎人が切り株の掘り起こしをしていた。

開始して1時間くらいは、無言のままひたすらに伐採していった。レベルアップにより上昇した腕力のおかげで、サクサクと作業が進んでいくと、「そろそろ休憩しよう」となったので、切り株に腰を下ろして休んでいた。

「なあ村長、昼間の夏希、どう思う？」

「どう思うって、何がだよ」

「なんで急に……い、一緒に住むなんて言い出したのかなって」

「べつに急ではないだろ。秋穂が来たあのタイミングだからこそだ」

「やっぱ、そういうことなんかな……」

「知らんけどな。でもまあ都合のいいことに、この世界では15歳で成人らしいぞ」

「……そっか、ありがと。あとは夏希と2人で考えるわ」

「家に帰ったらお助けアイテムをやるよ。あと、村と俺に被害を出したら追い出すからな」

「わかった。真剣に考える」

大した助言もないお悩み相談が終わり、そのあとはお互い、黙々と作業を続ける。

伐採速度が異常に早く、倒した木が増えてすぐ邪魔になる。途中からは丸太の運搬と切り株の処理に移った。ここでもレベルアップの恩恵は凄まじく、冬也も私も、丸太を両脇に抱えて歩いても全然平気だった。

夕方、川で水浴びをしてから村に戻る。女性陣はいつもと変わらない雰囲気で食事の準備をしていた。

「おかえり啓介さん。もうすぐでき上がるから座って待っててくださいね。今日からついに、お米が解禁ですよっ！」

椿の話し方が少し柔らかく感じた。

「おおー、ついにこのときが来たか。楽しみにしてるよ！」

「オレも楽しみ！　なあ村長、腹いっぱい食ってもいいよな？　な？」

「ああ、好きなだけ食え！」

その様子を見ていた桜たちも、いつもの楽し気な様子だ。お互いの主張と妥協に、上手く折り合いがついたことを祈るしかない。そして何でもいいから、派閥だけは作らないでほしい……そう心から願った。

異世界生活57日目

兎人族の10人と、日本人2人が村人になって数日が経過。ここ最近は、これといった問題もなく、順調に各作業が進んでいる。そして今は、スキル所有者のステータスを確認中だった。

「春香と秋穂も加入したし、改めて全員の能力確認をしたいと思う。お互い気づいたことがあれば、そのつど意見を頼むよ」

「じゃあ、誰からいきますか？」

「ん、誰からでもいいけど――とりあえず若い順で見ていこうか」

異論もないようなので、夏希から確認する。

夏希Lv7　村人：忠誠86　職業：細工師
スキル　細工Lv4〈Ｎｅｗ〉：細工や加工に上方補正がかかる。対象：木材、繊維、石材、金属〈Ｎｅｗ〉

夏希はレベルが7まで上がった。細工スキルもレベル4となり、金属も加工できるようになっている。

「金属なんですけどねー。これを生かす場がないのが残念です」

「せめてインゴットがないとダメだな。原石は対象にならんだろうし」

「今やってるのは鍋や包丁の修理くらいですかねー。木材の加工はさらに上達しているので、しばらくはそっちで貢献しますよ」

「もう既に達人級だろ。十分だよ」

建材加工については、既に機械並みだ。ちょっと大げさだが、カッターナイフで紙を切るように木が加工できる。そんな領域に達していた。

冬也Lv15　村人：忠誠91　職業：剣士
スキル　剣術Lv3〈New〉：剣の扱いに大きく上方補正がかかる。〈New〉　剣で攻撃する際の威力が上昇する。

冬也はレベルが15になり、剣術スキルもレベル3に上昇。剣の扱いに大きく補正がかかるようになった。剣速が明らかに早くなり、剣筋のブレもなくなったと教えてくれた。

「結構戦ってるつもりなんだけど、いまいちスキルアップが遅い気がすんだよなぁ」

スキルレベルの上昇速度に不満、というか疑念があるようだ。

「そういえば、今使ってるのって、ゴブリンが落とした小剣だよな？」

「それしかないからなー。できれば1本でいいからマトモなのが欲しい」

「わかった。今度の交易で剣と防具を優先して購入するよ」

秋穂Lv10　村人：忠誠83　職業：治癒士
スキル　治癒魔法Lv3：対象に接触することでMPを消費して傷や状態異常、病気を治癒する。

秋穂はレベルが一つ上昇して10に。スキルはそのままだが、忠誠は少し上がっている。

「秋穂は、病気とか状態異常を治癒したことってあるのか？」

「ゴブリンに噛まれて熱が出たときは、病気扱いでした。その治療はできましたが、状態異常はまだ経験してないです」

「部位欠損なんかも――ないよね？」

「完全に失ったことはないです。ちぎれた肉を元に戻した経験ならあります」

「ゴブリンに噛み千切られたってやつか……。秋穂は、血とかグロとかに抵抗はないのか？」

「もちろん最初はありましたけど、生き抜くために割り切りました」

「頼もしい、と簡単に言っていいかわからんけど、これからもよろしく頼むよ」

「はい、全力で取り組みます」

普段の言葉数は少ないけど、こういう受け答えはしっかりしている。

ロア Lv12　村人：忠誠78
スキル　土魔法Lv４〈Ｎｅｗ〉：魔力を捧げて土属性の攻撃をする。〈Ｎｅｗ〉　形状操作可能。性質変化可能。

ロアはレベルが12に、忠誠が78に上がっている。土魔法も先日レベル４に上がった。建築の基礎や伐根作業でフル稼働していたし、納得の成果である。

「スキルレベルが４になって詳細が変化しました。以前の『土を出す』から『攻撃する』になってます」

「何か変化はあったの？」

「少ない魔力で魔法を使えるようになりました。あと、土を石に変質させる時間も大幅に短縮されてます」

「お、それは良いね。将来的には石壁なんかも作れるようになってほしいな」

「はい！　今はまだ難しいですが、必ずできるようになります！」

桜Lv13　村人：忠誠97　職業：魔法使い
スキル　水魔法Lv４〈Ｎｅｗ〉：念じることでＭＰを消費して威力の高い攻撃をする。飲用可能。形状操作可能。温度調整可能。

桜はレベルが13に上昇して、水魔法がレベル４に上がっている。温度調整に関しては、水を作ったり、蒸発するほどの高温にはできないらしい。

「スキルの詳細にもありますけど、威力の高い攻撃に変化しました」

「どれくらい上がったんだ？」

「魔法の威力が段違いでしたよ！　森の木や魔物なんかだと、ほぼ確実に貫通できます。まあそのぶん、魔力の消費も激しいですけどね」

「かなりの出力だな。水を出せる総量なんかは把握してるのか？」

「もちろんです、と言いたいところですが、計測できないのでザックリになりますよ？」

構わない、と頷いて返す。

「学校にある25メートルプールで３杯分出しても、まだ余裕がある感じです。温度調整や形状操作をすると、そのぶん少なくなりますね」

「なるほど。今ルドルグに大きめの浴槽を頼んでいる。近いうちに伸び伸びと浸かれるようになりそうだぞ」

「あー、新しいお風呂については、遅くとも明日には完成する予定ですよ。これは衛生面でも最優先事項ですからね」

「その通りです」「だよねー」

明らかに数人の私情が入っているが、そこはスルーを決め込んだ。のだが、能力確認そっちのけで風呂談議に入ってしまった……。こうなるとしばらくは終わらない。

「なあ、もう昼も近いしさ……続きはまた昼食後にでもしようかね？」

そう言い放ち、そそくさと退散する。

食事の間も、女性陣のお風呂談義は終わらない。今もルドルグを包囲して、楽しそうに話しているところだ。一見すると完全なハーレム状態なのだが……ルドルグの顔はゲッソリしていて、全然羨ましく思えなかった。

「長、何とかしてくれ……」

ボソッとつぶやきこちらを見てくるが、気づかないフリをしてやり過ごす。

（ごめんルドルグ、俺には無理だ……）

昼食が終わると、ルドルグは浴場の方へ連行されていった。先に居間で待っていると、すぐにみんなが戻って来たので確認を再開する。むろん、「風呂はどうなった？」なんてことは絶対に聞かない。

話が変なほうへ行かないうちに、さっさと能力確認を進める。

椿Lv7　村人：忠誠96　職業：農民
スキル　農耕Lv4〈New〉：土地を容易に耕すことができる。農作物の成長速度を早める。農作物の収穫量が増加する。農作物の品質が向上する。〈New〉

椿はレベル7になり、農耕スキルも4に上昇している。新たに、農作物の品質向上能力が増えていた。

「椿、品質向上の効果って、目に見えて違うものなんかな？」

「既に収穫したものには変化がないですね。でも、育成途中のものは味や食感が良くなっていると思います」

「私にはあまり違いがわからんな……」

「食事で出しているのは、倉庫に保管してある収穫済みのものですからね。今日の夕飯に獲れたてを出してみます」

「お、そういうことか。夕飯が楽しみだよ」

忠誠度に関しては、90を超えてから気にする素振りはなくなった。常に自信を持って行動しているように見える。

春香Lv15　村人：忠誠91　職業：鑑定士
スキル　鑑定Lv４：生物や物に対して鑑定ができる。※鑑定条件：対象を目視。自身に対する鑑定を阻害できる。

春香はレベルと忠誠度が一つ上がった。スキルは変化なし。

「春香の鑑定って、魔物に対しても有効なんだよな？」

「ええもちろん！　魔物の名称、レベル、スキルが確認できますよ」

「ゴブリンとか大蜘蛛とかって、どれくらいのレベルなんだ？」

「ゴブリンは1～6、ジャイアントスパイダーは4～10程度かな」

「大蜘蛛はそんな名称なのか。じゃあ、大猪はジャイアントボアか？」

「ですですっ！」

異世界翻訳が手を抜いているのか、ほかの魔物も安易なネーミングだった。まあ、わかりやすいに越したことはない。

「魔物のスキルはどんなのがある？」

「糸操作や突進、跳躍とかですねー。ゴブリンは『スキル：―』です」

「なるほどね。ほかに何かあるかな？」

「ほかにですか……。あ、そうそう、北の岩山なんですけどね」

「うん」

「鉄鉱石が採れますよ。鑑定では石灰岩や銀鉱石も確認してます」

「あ、そういえば、あのとき確認してなかったわ……。じゃあさ、金とかミスリルとか――アダマンタイトとかは？」

「わたしもそれを期待したんですけど、見える範囲にはなかったですねー。掘り進めればひょっとして？　かな？」

「いや、貴重な情報だよ。いつかは活用できそうだ、ありがとう」

最後に自分のステータスを見る。

啓介Lv12　職業：村長　ナナシ村　☆☆

ユニークスキル　村Lv6（31／200）：『村長権限』村への侵入・居住と追放の許可権限を持つ。※村人を対象に、忠誠度の値を任意で設定し、自動で侵入・追放可能。『範囲指定』村の規模拡大時に、拡大する土地の範囲と方向を指定できる。『追放指定』追放の位置を設定できる。回数制限なし。※地上のみ　『能力模倣』村人の所持するスキルを1つだけ模倣して使用できる。1日1回のみ変更可能。※効果半減　『閲覧』異世界人のステータスを閲覧できる。『徴収』村人が得た経験値の一部を徴収できる。0％〜90％の範囲で設定可能。

村ボーナス

☆豊かな土壌：村内の土壌品質に上方補正がかかる。作物が病気、連作障害にかからない。※解放条件：初めての収穫

☆☆万能な倉庫　村内に倉庫を設置できる。サイズは村人口により調整可能（品質劣化なし）。※解放条件：初めての建築と備蓄

ズラズラっと能力が映し出される。

最近は徴収率を10パーセントで固定しているので、レベルも1つ上がっただけ。ほかの部分にも変化はない。春香は鑑定で見ているだろうが、初めて詳細を見た秋穂は大層驚いていた。珍しく自分から話しかけてくる。

「すごい量の能力ですね。これはまだ増えていくのでしょうか」

「どうだろう。なんとなくそろそろ頭打ちな気もしてるよ」

「それには何か理由があるんですか？」

「今、村人口の上限が２００人だろ？　さすがにこれ以上増えたら、村ってレベルじゃなくなるよなー、とね」

これは私の勝手な想像だから、人数に関する根拠があるわけではない。

「ユニークスキルが昇格する可能性もあるのでは？　街とか領とかに」

「あー、それはあるかも。まあ、あったとしても、解放条件とか昇格条件がわからんけどな」

「村の人口が増えたり、街のように発展すればいいのかもしれませんね」

「だね、ここからはじっくり腰を据えてやっていきたいと思ってる」

「はい、私もしっかり働いて貢献します」

秋穂に頷いてから全員を見回す。

「ステータスについては以上だ。次に、次回の交易について話したいと思う。何か欲しい物や、村に必要だと思うものを挙げて欲しい」

皆が思い思いに話し合う。わいのわいのと騒ぐ者や、１人で黙々と考えている者、しばらくするとポツポツ意見が出てきたので、それをまとめていく。

◇装備類：鉄製の剣と槍　革の防具　革の靴
◇道具類：斧　鉈　つるはし　大工道具　ハサミ
◇生活用品：石鹸　調理器具　灯りの魔道具
◇その他：塩　作物の種　茶葉　下着

みんな遠慮をしているのだろう、嗜好品の類を一切提案しなかった。改めて、個人で欲しいものなんかを聞いてみるが、口を揃えて「今はまだその段階じゃない」と拒否されてしまった。

「みんなの気持ちはよくわかった。だけど、もっと要求しても大丈夫だからな？」

「啓介さん、命が第一ですから。平穏な今のうちに、軌道に乗せることを優先しましょう」

椿のひと言に、全員が納得顔で頷いている。

ステータス確認を含め、長い長い村会議もようやくお開き。全員で浴場に向かうと、そこではルドルグと数人が忙しそうに作業を進めていた。私に気づいたルドルグが手招きをするので近づくと、コソッとつぶやく。

「おい長よ、先に風呂場を完成させせんとダメだ。このままじゃ他に手が付けられんぞ……」

「わかってる。ほかは後回しでいいから、ここを最優先で頼むよ」

「嬢ちゃんらを見てみろ。……今日はお主も逃げられんぞ」

周りを見ると、会議に出た全員が既に手伝いを始めていた。冬也も夏希にアレコレと指示を出され、材木を必死に運んでいる。

「ある意味、ここが村の最重要施設だ……。苦労をかけるがよろしく頼む」

当然、私も手伝うハメに。みんなの献身的——かはさておき、協力があったおかげで、同時に10人は浸かれそうな大型風呂が完成。木の繋ぎ目には、漏水防止のために、以前購入した防水用の樹液もしっかりと塗り込んである。

大きな浴槽の前に仁王立ちした桜が、大量のお湯をドバドバと注ぎ込んでいくと、みるみるうちに湯が張られていった。すると、「キャー！」だの「ワァ！」だのと大歓声が上がる。あの秋穂ですら声を荒げていた。

私は収拾がつかなくなる前に、「今日は女性専用風呂にする！」と宣言して、男性陣を連れて川へ水浴びに向かう。

戻って来たあと、夕飯をせっせと準備する男性陣の顔も、まんざらではない様子だ。みんな、チラチラと風呂場の方に視線をやってはいたが——。

覗き見する勇者は、誰1人として現れなかった。

11章　街の様子と鍛冶事情

異世界生活58日目

翌日の午前中、集落に向かって伐採作業をしていると、森の影からラドたちの姿が見えた。全員揃って元気に手を振っている。

「皆おかえり。元気そうで良かった」

「ただいま村長、交易は上手くいったぞ」

みんなの背には荷物てんこ盛りの籠が――、今回の取引も順調だったようだ。予定どおりの帰還にほっとひと安心している。

「それにしても、もうここまで伐採が進んでいるとは……」

「早くラドたちの負担を減らしたい。みんな張り切ってやってるよ」

「ありがたいことだ。さて、いくつか報告もあるのでな。一緒に村へ行けるだろうか？」

「大丈夫だ。冬也、ここは任せる」

「おう、ゆっくりして来ていいぞ！」

伐採作業を冬也とロアたちに任せて村へと戻る。荷物整理もほどほどにして、ラドと庭にあるテーブルで腰を下ろした。

「ラド、疲れはないか？　なんなら話はもう少しあとでも――」

「いや問題ない。昨日は集落でゆっくり休んだからな」

「そうか。なら早速聞かせてもらうよ」

ラドが言うには、今回の売れ行きも好調だったようだ。購入品についても予定どおりに買えて、余剰分は硬貨で持ち帰っていた。

「あーそれとな。指示にはなかったが、斧や大工道具、裁縫道具も一式購入してきたんだが……良かっただろうか？」

「おお！　ちょうど次の交易で頼もうと話してたんだ。とても助かる」

「なら良かった、他にもあればあとで教えてくれ。で、重要な報告が2つあるのだが――」

コクリと頷いて続きをうながした。

「一つ目だが、街の近郊で生産している作物の育ちが悪くてな。食料不足は当分続きそうだ」

「その原因はわかるか？」

「聞いた話では、街で働いている日本人のスキルによるものらしい」

（なんだろう？　調子に乗ったやつが何かやらかしたんだろか）

原因を詳しく聞くと、こういうことだった。

もともと食料は不足がちだったが、日本人が現れたことでさらに消費量が増した。そんなおり、『農耕』スキルを持つ日本人が登場。彼らの育てた作物はものすごい早さで育ち、収穫量も増えた。これにより食料問題は解決したかに思えた。

だが2度目の栽培からは違った。作物の病気や育成不良により収穫量が激減してしまったのだ。現在は新たな耕地を拡げることで、なんとか収穫量を維持している。

「……なるほどね。たぶんだけど、畑の地力が回復してないんだな。土の栄養不足が原因だと思う」

「連合議会の主導だったこともあり、日本人にお咎めはないみたいだが、ままならんものだな」

「うちの村には『豊かな土壌』の効果があるから大丈夫だけど、普通だったらこうなってしまうのも仕方ないね」

ちなみに街には、百人以上の農耕スキル保持者がいるらしい。

「今すぐ食料難になるのかな？　それと、村から食料を持ち込むと悪目立ちするだろうか」

「いや、最初の収穫分もあるからな。麦などは保存が利くし、しばらくは平気だろう。それに村から運搬できる量は少ない。味の面では目立ってしまうだろうが、持ち込む量は問題ないと思うぞ」

確かに、このまま少量ずつの取引なら問題ないように思える。

「我らはこの話を聞いて、村の恩恵に改めて感謝したぞ。いろいろあったが……村長に出会えて幸運だった」

「それはお互い様だよ。それでもう一つの報告ってのは？」

「ああ、実はこっちが本題なんだ。村長は『錬成魔法』と『鍛冶』というスキルを知ってるか？」

「直接見たことはないけど、日本の物語には出てくるよ。生産チートの一つだし、結構有名なスキルかな」

「チート？　というのはよくわからんが……。錬成魔法は、鉱石をインゴットに変えてしまう魔法らしい。それも一瞬でだ。鍛冶のほうはそのインゴットを使って、簡単に武器や防具に加工できるようなのだ」

両方ともすごく魅力的なスキルだ。是非とも村に欲しい。しかしそれの何が問題なのか、とラドへ問うと――、

「街では今、『日本商会』なるものが設立されてな。鉱山奴隷を買い上げて、採掘から製錬、武器防具の加工で商売を始めているらしい」

「日本人に権力を持たせるようなこと、連合議会がよく承認したな？　普通なら警戒して許可しないだろ？」

「領への多額の納税と、人族に向けての兵器確保。この2つが決め手になったらしい」

「ほぉ、その日本商会を警戒しとけってのが2つ目の報告だな？」

「もちろんそうなんだが、肝心なのは、この情報をくれた者のことなんだ」

どうやらまだ何か続きがあるようだ。ラドが居住まいを正してこちらを見やる。

「これらの情報は街の鍛冶職人から聞いたんだ。さっき言った日本商会ができたことで、もともと街にあった鍛冶屋が大打撃を受けたそうだ」

「もしかして、販売価格の差とかかな？」

「ああ。日本商会は市場の半値以下で販売している。とても太刀打ちできんと言っていた」

なんだその日本人、馬鹿なのか？　いくらなんでも無茶しすぎだろう。それとも後々の問題に対処できるような、賢い対策とか特殊能力でもあるのだろうか。

「そんな暴挙を許す議会にも嫌気がさしたらしい。それで話しているうちに、我らの集落に来たいと言ってきたのだ」

「にしても、わざわざこっちに来なくとも、ほかの街へ行くなり、ほかの職を探すのが普通なんじゃないか？」

「それについては、村から持って行った芋がな……。あの味の虜になっているんだ。なんでも、街中で噂されるほどの人気らしい」

「まだ2回だろ？　街で売ったの。――なあラド、うちの芋ってそんなに旨いのか？」

サイズも大きいし、味もたしかに良いが……いくらなんでも、そこまでとは思えない。獣人たちとは味覚が違うのかもしれんけど――。

「街や集落で作ってるものを食べればすぐにわかる。いやしい話だが、私も既に村の芋以外は食べたくない。そう思えるほどには心を奪われておるよ」

（街の食べ物はあんまり旨くないのかな）

まあ考えてみれば、日本の品種はどれも改良に改良を重ねて、味も品質も良くなっている。普段から食べ慣れていて、認識できていないだけなのかもしれない。

「鍛冶ができる人材なら是非にでも欲しいが、そもそも信用できる人物なのか？」

「親の代から付き合いがある。決して悪いやつではないよ」

「そうか。ラドが言うなら大丈夫だな」

その鍛冶職人は、父親が他界して鍛冶場を引き継いだばかり。母親や兄弟もいない独り身らしい。職人１人が街から出て行っても、この状況なら不自然ではない。そういうことならなおさら受け入れたかった。

「ちなみに芋って、集落で育てていることになってるよな。村の存在もまだ知らないと？」

「ああ、次回の交易まで返事は待ってくれと言ってある。村のこともまだ話していないぞ」

「なら、次の交易帰りに連れてきてくれるか？　村のことは街を出たあとに話してくれ」

「村の良さを存分に語っておくよ。忠誠のこともあるだろうからな」

「ああ、ラドになら安心して任せられる」

「わたしからの報告は以上だ」

食料問題と日本商会、街の動向も少しきな臭くなってきている。交易に関しては、あまりのんびりとはしていられない状況だった。

ラドとの打ち合わせのあと、ほかのみんなにも経緯を話して情報を共有した。鍛冶職人の受け入れには賛成のようだが、日本商会の存在には注意が必要だ、と何人かの意見が出た。

「食品を扱う商会ではないにしろ、同じ日本人ですからね。日本産の芋だということは遠からずバレますね」

「この村の存在がバレるのはまだいい。どうせいつかはわかることだからな。それより、交易中のラドたちが襲われたり拘束されるほうが心配だ」

「様子を見ながらですけど、怪しい気配が少しでもしたら、しばらくは街へ行かないほうがよさそう……」

「ああ、塩の在庫もある程度は確保できたし、無理をする必要はない」

その日の午後からは、３度目となる芋の収穫を手伝った。街の農地事情を知ったこともあり、

『豊かな土壌』の効果をより強く実感していた。

異世界生活60日目

異世界へ来て2か月が経過。

ちょうど1か月前、ラドたち兎人族と出会ったのを思い出す。

村の人口が一気に増え、住居の建設もはかどるようになり、そのぶん忙しくなったが、村の中は賑やかで心地よい日々を送れている。春香と秋穂の2人も、魔物狩りを中心に良く働いているし、貴重なスキルを持っているのでありがたい。

そんな状況のなか、ラドたちが3度目の交易へと向かっていった。

今度帰ってくるときには、街の鍛冶職人を連れてくる予定だ。おととい街から戻って、またすぐの再出発となったが、ラドたちは「名誉ある任務だ！」と言って息巻いていた。

「おーい村長！　どんどん運ばないと桜さんに追いつかないぞ！」

「ああすまん。ちょっと考え事してた」

「頭使うのもいいけど、手もちゃんと動かせよなー」

くっ、冬也のやつ……。夏希と同居するようになってからというもの、やたらと気合が入ってやがる。実に羨まけしからん。

街の動向にも変化が見え始め、交易路の開拓を優先して進めている。椿と兎人の子ども３人には農作業を、ルドルグと夏希たち４人に集会所兼宿舎の建築を任せ、他は全て交易路作りに取り組んでいた。

総勢17人での作業は、それはもうすごいスピードで進んでいく。桜が水魔法で木をなぎ倒し、兎人たちが枝打ちをする。それを私と冬也と春香の３人で次々に運んでいくと――。

そのあとを追うように、ロアの土魔法で切り株周りの土を凹ませ、根を取り除いていく。除去した根や枝はそのまま森へ放置し、とにかく先へ先へと道を伸ばしていった。

「南のほうから大猪が来ます！」

索敵役の兎人が魔物を感知すると、その姿が見えた瞬間には誰かに倒されていく。もう大猪程度なら恐怖する者もいないし、むしろ肉が手に入って喜んでいるくらいだ。伐採の音やみんなの気配により魔物も集まってきやすい。が、慌てることなく対処して開拓を進めていった。

その後の数日間も、とくに事件が起こることもなく順調に開拓が進み、ラドたちの帰還の日を迎えた――。

異世界生活65日目

本日は2度目となる稲の収穫日。開拓作業を中断して全員で稲刈りをしていた。昨日、集会所がついに完成を迎えたので、ルドルグたち建築班もみんなと一緒に稲刈りに精を出している。

「椿、今回の収穫量はどんな感じ？」

「前回よりも確実に増えています！　育成も順調ですし、病気なんかの心配もありませんよ」

「大丈夫とわかっていても、街の様子を聞いたあとだとどうしても、な」

「全く問題なさそうですよ。麦の栽培にもそろそろ取り掛かる予定です」

「おおー、それは楽しみだ。そう言えば椿、日本にいるときはパン屋で働いてたんだよね？」

「はい。小麦が収穫できたらさっそく挑戦してみますね！」

「パンと言えばさ、この世界では製粉とか発酵はどうしてるのかな？　そのへんもラドに調べといてもらわないと――」

そんな会話をしながら稲刈りをしていると、ルドルグが近づいてきた。ウサ耳がピンと立っているので、聴覚強化で何かを聞いているみたいだった。

「長よ、ラドたちが村の手前まで来てるぞ。鍛冶屋のやつも一緒だとよ」

「お、じゃあ出迎えに行こうか。鍛冶場や住居の話もあるし、ルドルグも一緒に来てくれ」

「よしわかった。儂も久しく顔を見とらんからな。ちょうどええわい」

私たちが村の結界に到着する頃、ちょうど向こうも姿を見せた。交易路が開けてきたから、そこそこ離れていても確認できるようになっていた。

「村長、今帰ったぞ！」

「みんなおかえり、荷運びが終わったら、しっかり休息をとってくれよ」

ほかの兎人たちにも労いの言葉をかけると、ラドともう1人を残して村へ入っていく――。

「村長さんはじめまして。私は熊人族《くまじん》のベリトアです」

「ご丁寧にどうも。私が村長の啓介です。我々はあなたを歓迎します。ようこそナナシ村へ」

熊人族のベリトアは、今年で18歳になる女性だった。ピョコっと生えた熊耳を今もピクピクさせている。熊人と言っても身長は低く、案外スラッとしていた。

なんでも個人差があるらしく、女性はそんなにゴツくないんだと。鍛冶師と聞いて、ついついドワーフを連想していたので、見た目とのギャップに驚いている。

（まさかこんなに若い女性だったとは……）

「ラドおじさんから話は聞いています。是非とも私を村の一員にしてください！」

「もちろんです。村に鍛冶職人が来てくれてとてもありがたい。早速ですが、この結界の中に入ってみてもらえますか？」

村のルールなんかはラドから説明済み。まずは居住の許可を出してみて、村に入れるかを試す。向こうも事情は承知しているようで、意を決した様子で一歩を踏み出していた。

「っ、ラドおじさん！　入れましたよ！」

無事に入れたことに大層喜んでいる。ラドもウンウンと頷いて笑っていた。

「今からベリトアも村の一員だ。村の鍛冶は任せたよ」

「もちろんです！　頑張りますよー！」

「お待ちかねの芋も、毎日たらふく食べられるからな。安心してくれ」

「あれが今日から、毎日毎晩食べられるなんて……夢のようです！」

このまま立ち話もなんだと、自宅前の広場で続きを話すことに——。

「そうだ村長さん。コレ、村で使ってもらおうと思って！」

ベリトアはそう言うと、特大の荷物をドンっと置いて並べだす。

実はこの大荷物、村に来たときからずっと気になっていたんだ。その中には靴や胸当てなど、革製の防具がたくさんあって、鉄製の剣も数本出てきた。

「それにしてもすごい量だな。これを1人で運んできたの？」

「はい！　体力には自信がありますから！」

さすがは熊人、見た目は小柄でも、相当の力と体力があるみたいだ。見た目は華奢《きゃしゃ》なのに、どこにそんな力が……。種族特性とかスキルの影響なんだろうか。

「すごく嬉しいけど、こんなに譲ってもらって大丈夫か？」

「ええ、もちろんです！　どうせ街では売れませんしね」

「金属製のものはわかるが、革製品なんかも売れないのかな？」

「ええ、日本人の鍛冶スキル――アレはもう反則技ですよ！　鉄でも革でもお構いなしです」

「そっか……ありがたく受け取るよ」

日本人のスキルはかなり優秀みたいだが、街の職人たちにはとんだ疫病神らしい。


そのあとも鍛冶関連についての話を詰めていく。熊人のベリトアは革の加工が得意みたいで、金属製の武具なんかも、設備さえあれば作れると言っていた。この世界の鍛冶は、金属を熱する工程を魔道具で処理するらしく、親から譲り受けたものを街から持ってくる予定でいる。

「魔道具の触媒って、やっぱり魔石なの？　それとも別のもの？」

「魔石ですよ。村にも魔石は結構貯めてあるって、ラドおじさんから聞いてます」

「大きさとかに指定はあったり？」

「大きいほうが燃費はいいけど、利用自体は小さくても問題ないです」

ベリトアの説明だと、魔石は大きければ大きいほど、含有する魔素が濃くなるらしい。結果的に、そのぶん燃費も良くなるんだと教えてくれた。

「鉱石からインゴットへ製錬するのも魔道具を使うのかな。もしそうなら、どれくらいの価値なのかも知りたいんだ」

「はい。製錬作業も専用の魔道具でやってますよ。値段はどうでしょう？　家一軒分くらいなのかな」

「うわー、じゃあ入手するのは無理だな」

そんな資金、今の村にはない。鉱脈があるだけに何とかしたいところなんだが……。

「そうでもないんじゃないかな？　中古で良ければそのうち市場に出回りそうですよ。しかも格安で」

「ん？　あー、日本商会の影響ってこと？」

「そうです。今までは魔道具型の製錬炉を何台も使って製錬していました。でも、錬成魔法でポンポン作っちゃうもんだから……。そっちで働いてた人も、かなり追い込まれてます」

「なら可能性はあるか――。でも購入資金の調達がなぁ」

資金繰りに頭を悩ませていると、今まで黙って聞いていたラドから提案があった。

「村長、そのことなんだが。街の商会と取引してはどうだろうか」

「商会って、例の日本商会のことか？」

「いや、我らが懇意にしている店だ。その商会から、売れるだけ全部欲しいと、運搬込みでの打診があったのだ」

「んー、でもなぁ。村の場所を明かすのはもう少し先延ばしにしたい」

「そうだろうな。だから集落へ一旦運び出して、そこで受け渡してはどうだろうか」

なるほど、引き渡しを集落で、か。それなら村とも距離があるし、見つかる可能性は低そうだ。交易路もまだ集落までは進んでいないからな。

「わかった、その案でいこう。製錬炉の魔道具はなんとしても確保したい」

村の食料品を集落で引き渡すことが決まり、鍛冶施設のことやベリトアの住居の話に移った。

「ベリトア、村に住居と鍛冶場を作ろうと思うんだが、何か希望はあるかな。妥協せずに何でも言って欲しい」

「ならば遠慮なく。——まず、作業スペースは広く取りたいです。とくに作業台の配置も含めて、ルドおじさんとキッチリ話し合って決めたいですね。それと鍛冶場の隣には、素材保管用の小屋も必要です。住居は作業場兼用でお願いします」

「わかった。ルドルグ、その辺はベリトアの注文通りで頼むよ」

「おうよ。……だがそうなると、一度街に行って、今の作業場を見ないとダメだな。今度の交易には儂もついてくぞ」

「いろいろ持ってくる道具もあるだろうし、少し人数を増やさないとだな」

「村長、人選は私に任せてくれ。商会との交渉も含め、しっかり役目を果たしてくる」

鍛冶道具はどれも重量があるだろうし、できれば一度に全て運んでしまいたい。交渉に関しては、ラドならば安心して任せられる。私のほうからお願いしたいくらいだ。

「さて、そろそろ昼だ。昼食も兼ねてベリトアの歓迎会をしようか」

「わぁ！　早速アレが食べられるとはっ」

村の芋がよほどお気に入りのようだ。ベリトアの反応を見ていると、街で噂になっているのも分かった気がした。

昼食に集まってきた村のみんなにベリトアを紹介する。何人かは街で面識があるし、ベリトアが小さいときから知っている者もいたようで、すんなりと溶け込んでいた。

そんななか、冬也と春香が、この世界の武具について興味津々で聞いている。のだが……当の本人は話そっちのけで芋を頬張っていた。

なお今回は、女性陣による秘密会議は開催されなかった。どうやらベリトアは、要注意対象に認定されなかったようだ。結局その日は、新しくできた集会所に泊まってもらい、2日後の朝に街へと向かって行った。

異世界生活70日目

ベリトアたちが街へと出発して3日目。

今日は朝から、オークがいる東の森に侵入していた。なぜそんな危険を冒しているのか、話は前日にさかのぼる。


「啓介さん、提案があります。東の森での魔物狩りについてです」

「お、桜と春香か。オークを発見して以来、偵察すらさせてなかったけど……目的は？」

「村の住人のレベルアップです」

桜たちの提案はこうだ。

ナナシ村の存在が発覚してちょっかいを出される前に、自分たちの強化をしたい。魔物狩りや開拓など、村の外で襲われた際に、余裕をもって対処できるようになる。これが最大の目的だと主張していた。

東の森ではまだオークしか見ていないが、それ以上に強力な魔物も出るらしい。もし倒すことができればレベルアップも早いだろう。

「目的も理由もわかるけど、危険も多いだろ？　何か具体的な案でもあるのか？」

「はい。北の山脈にしたように、東の森へも結界を広げてほしいんです」

「穴の罠で倒すってことか？　たしかオークを見たのは、村から1～2キロメートルくらいの場所だったよな……」

現在残している敷地拡張は、10メートル幅なら6キロメートルほど。目的の狩場まで延ばしても余裕がある。

「最初のうちは結界頼りになるけど、レベルが上がれば私たちだけでも倒せると考えてます」

「まあ、そうだな」

「それにさ、うちらがレベルアップすれば、村長も『徴収』で上げられるでしょ。村の生存率もそのぶん上がると思うよ？」

「そうか……。よし、わかったよ」

桜たちの提案は村全体を考慮した良策だ。「まずは調査から始めよう」となって現在に至る――。


「まだ魔物の姿はありませんね……」

「結界内は安全だけど初めての狩場だ。みんな警戒を怠るなよ」

万全の態勢で挑もうと決まったので、調査には日本人全員と、土魔法使いのロアも連れてきている。

村から2キロメートルほど歩いただろうか。少し離れたところに単独行動のオークを発見。春香がすかさず鑑定をかけた。

「対象名はオーク、レベル23。スキルは『怪力』で、力に上方補正がかかるみたい」

「よし、このままギリギリまで近づく。結界の外には出るなよ」

全員が戦闘体勢に入りながらオークのほうへ進むと、相手もこちらに気がついた。

「フゴァァ！！！」

オークが雄たけびを上げ、ノシノシと向かってくる。手には大きな棍棒を持っていて、なかなかに凶悪な面構えをしている。先制攻撃すべきなんだが、結界の強度を確かめないと今後に不安が残る。全員がいつでも動ける体勢でオークを待ち構えた。

「しばらく結界を殴らせるぞ。手を出すのはそのあとだ」

オークにも結界は見えているはずだが、そんなことはお構いなしに突進してくる。そして当然——、

「ンゴァ!?」

結界に突撃したオークは、間抜けな悲鳴をあげて怯んだ。が、大したダメージはないようで、そのまま怒り狂って結界を殴り始める。「ドガン！　ドゴン！」と音はデカいが、結界には傷一つ付いていない。

「村長、全然大丈夫そうだぞ。……もうそろそろいいんじゃないか？」

「そうだな。桜は水魔法で足を、冬也は結界から出すぎないようにな」

冬也が剣を突き出して注意を引き、その隙に桜のウォーターバレットがオークの両膝を穿つ。

「フガァァ！」

オークの顔が苦痛でゆがみ、バランスを崩して転倒。

「念のため腕もやっときます、よっ！」

転倒して動けない状態のオークに向けて、桜が次々と水魔法を放っていく。四肢を何箇所も貫かれ、完全に身動きが取れないオーク。

「よし、トドメは春香がやってくれ」

私に指示された春香が結界の外に出て、オークの喉元に何度も剣を突き込む。と、しばらくしてオークの体が黒いモヤに変わり、魔石と肉を残して消えていった——。

「おおー！　やっぱり結界があると安定感が違いますね！」

「魔物とレベル差があっても一方的に攻撃できちゃうもんねー」

「剣も魔法も効いてたな。——それで春香、みんなのレベルはどうだ？」

「うん、全員レベルアップしてるよ。狙いどおりだね！」

みんなのステータスを確認してもらうと、この場にはいたが、戦闘に全く参加してなかったメンバーもレベルが上がっていた。とくにレベルの低かった秋穂は2つ、夏希や椿に至っては一気に3つも上昇している。

「倒した魔物の魔素を吸収してレベルアップ。この説が濃厚になったねー。しかもパワーレベリングが可能なパターン！」

「ああ、でももう一度くらいは試しておきたいな」

その後も30分ほど周囲を探索、計2匹のオークを倒すことができた。初回同様、2回とも全員がレベルアップを果たしたので、この仮説は正しいだろうと結論付ける。

あまり奥まで行きすぎると、対処できないほど強力な魔物がいるかもしれない。そう思い、村から3キロメートル進んだところで敷地を固定することに決めた。

「予想以上の結果だったね！」

「でもわたし、何もしてないから、ちょっと申し訳ないかも？」

村で夕飯の準備をしている最中、桜と夏希がそんな会話をしていた。

「夏希、そんなの気にすんなよ。そのぶん内政で貢献すればいいだろ？」

「そうですよ。私たちは生産力で貢献しましょう！」

冬也や椿の言うとおりだ。戦闘職じゃなくとも、レベルアップの恩恵を受ければ作業効率がグンと上がる。そもそもそんなことを言い出したら、私なんて『徴収』も使っているわけだし、完全に寄生状態だ。

「桜とロアの遠距離魔法があれば、穴を掘る必要もなさそうだ」

「不用意に結界の外へ出なければ大丈夫です。ただ、編成はどうしましょう？　交易路や建築のこともありますし」

「一気にあれもこれもは無理だ。魔物狩りは一班だけにして、交代しながらやろう」

話し合いの結果、春香と桜のペア、冬也とロアのペアをそれぞれ班の中心にして、何名かを引き連れて狩ることになった。ただ秋穂には、万が一の治療のために毎回参加をお願いした。

魔物狩りの方針も決まり、いよいよお待ちかねのオーク肉実食会が始まる。

さすがはファンタジー好きだけあって、オーク肉に対する忌避感よりも、味のほうにみんなの興味はあるようだ。

「んんー、最っ高！」「めっちゃおいしー！」「オーク肉旨すぎだろ！」

「お肉も旨くてレベルも上がるとか……。オークって最高ですね！」

予想に反せずオーク肉は大好評のようで、箸を止めるものは誰1人いなかった。

格上狩りが上手くいって、レベル上げの指針もできた。戦わずとも村人の戦力を上げられるし、旨い肉も入手できるとあれば、これ以上の成果はないだろう。

獣人の国やほかの日本人の動向など、注意すべきことは山ほどある。

不測の事態に備えて、村全体の戦力アップを目指していきたい。

外伝　冬也と夏希の異世界転移

とある休日の昼過ぎ――。

オレは自宅近くのコンビニで時間を潰していた。

今日は夏希と映画を見に行く予定、なのだが、待ち合わせ時間を過ぎても一向に現れない。

さっきから何度も連絡を入れてるのに、メッセージには既読すら付かなかった。

（……まさかアイツ、まだ寝てるんじゃないよな？）

そろそろ現地へ向かわないと上映時間に間に合わない。オレはシビレを切らして何度も電話を鳴らす――。

『はーい、もしもーし』

『お、やっと繋がった。おまえ今どこだよ？』

『ごめんごめん、ちょっと寝坊しちゃってさ！　今から家を出るとこー！』

『マジかよ……早くしないと間に合わないぞ？』

『平気平気！　5分で行くからもうちょい待っててー』

夏希は悪びれもせずお気楽な様子。まあ、普段から能天気な性格なのはわかってることだ。

今さらこの程度のことでイラつくことはない。

彼女と知り合ったのは中学1年の春。

たまたま隣の席になって以来、アニメの話題で意気投合して友人となった。夏希の家にも頻繁に行くようになって、アニメやら漫画やらを見ながら交友を深めていった。

最初はただの女友達だったが、仲良くなるにつれて異性としても意識するようになっていた。

正直、付き合うとかはよくわからないし、告白をするつもりもない。だけど、この関係がずっと続けばいいなと思っている。

オレは小学生の頃に両親を亡くして親戚の家に引き取られたが、あまり良好な関係とは言えなかった。もちろん感謝はしているけど、数年経った今でも馴染めないでいた。その原因はおじさんの……いや、やめよう。思い出すと憂鬱な気分になる。

『ヨシ準備おっけー！　今から向かうよー』

『なっ……。おまえ、まだ出てなかったのかよ！』

『なになに？　わたしと会うのがそんなに待ち遠しいと？』

『ち、違うわ！　映画の時間に遅れるっての！』

電話越しに聞こえる夏希の笑い声。『もう切るぞ』と照れ隠ししながら、コンビニの中に入ろうとしたときだった——。

自動扉が開いた瞬間。突然、目の前が真っ白になり、思わずその場にしゃがみ込んだ。

「な、んだよ今の……。ってか、どこだよここ……」

謎の光は数秒で収まり、視界が戻ったときには見知らぬ森の中に――。コンビニはおろか、人工物のたぐいは一切見当たらなかった。夏希との通話も途切れ、スマホは電源すら入らない。周囲に人の気配はなく、聞こえてくるのは鳥の鳴き声と……水が流れる音だけ――。ここがどこだかわからないが、立ち止まっていても仕方がないと、音のするほうへと歩き出した。

それから数分、森と森の間に流れる川を発見。このあたりは視界が開けていて、川は北から南へずっと続いている。

「ダメだ、なんの目印もないな……」

周囲に見えるのは森と川のみ。ほかに目ぼしい発見は皆無だ。

――と、そのとき、川下のほうからガサガサと音が聞こえてくる。次の瞬間、森の中から人が飛び出して……いや、人だけじゃない。もう1匹、異様な化け物まで姿を現す。

体長1メートルほどのソレは、まさしく『ゴブリン』としか言いようがない。漫画やアニメで見てきたものと酷似していた。

「っ、冬也！　助けてっ！　冬也っ！」

聞きなれた声に視線を向けると、そこには夏希の姿が——。森から飛び出してきた彼女は、川沿いを真っすぐこちらへ駆け寄ってくる。

「なっ……おまえどうして!?」

明らかに襲われているだろう状況。真っ先にするべきは彼女を助けること。頭では理解しているくせに、ついそんなことを口にしてしまう。

必死に逃げてくる夏希だったが、すぐ後ろにはゴブリンが迫り……気づいたときには体が勝手に動き出していた。無我夢中で飛びかかり、相手の首を絞めたところまでは覚えている。が、そこからのことはほとんど記憶にない。極度の緊張で息を止めていたのか、ハッとして空気を吸い込んだときには、ゴブリンの姿が消えていた。

「——也、冬也……」

オレの隣にはヘタりこむ夏希の姿がある。普段は見せたことのない表情でむせび泣いていた。

「無事でよかった……。けど、とりあえず森に隠れるぞ。ここにいたらマズい」

「うん、冬也ありがとね……」

どこにいても同じかもしれない。それでも視界の開けたこの場所にいるよりはマシだろう。すぐに森へ隠れて、夏希と2人で息をひそめた——。

それから数分、ようやく夏希が落ち着いてきた。

真っ白な光のこと、森の中に突然移動していたこと、いきなりゴブリンに襲われたことなど、お互いの状況を話し合う。

「――なるほど、オレとまったく同じだな」

「ねえ冬也、やっぱここってアレだよね」

「ああ、あんなのがいたんだ。間違いないだろ」

これはおそらく『異世界転移』だ。少なくとも日本、というか地球じゃない。ゴブリンが落とした『魔石』っぽいものからも察していた。

「冬也、これからどうする？　ほかの人を探す？」

「そうだな……オレたち以外にも誰か来てるかもしれない。ここにいても仕方ないし、川を上ってみるか」

「え、下流じゃないの？」

「おまえとゴブリン、そっちから出てきたろ？　もしゴブリンの集落があったらどうすんだよ」

「うわっ、それは絶対ヤダ……」

人里を探すなら川を下ったほうがいいんだろうけど、さっき現れたゴブリンがいるほうへ向かう気にはなれない。せめて隠れられそうな場所を――と、川沿いの森を縫いながら上流のほうへと進んだ。

それから1時間、ゴブリンを警戒しながらゆっくりと森を歩く。と、川沿いに立ちのぼる煙を発見。大人が6人、全員、男ばかりの集まりが見えた。今は魚でも獲っているのか、川に入って大きな石を投げ込んでいるところだった。

「あっ、ほかにも人がいたよ！」

「おい夏希、ちょっと待てって！」

すぐに駆け寄ろうとする夏希だったが、腕を掴んで引き戻し、その場に身をひそめる。

「なんでよ？　早く合流したほうがよくない？」

「ひとまず人は見つけたんだ。慌てて出ていくことはないだろ」

合流するのは賛成だけど、男だらけの中に夏希を入れたくない。せめて女の人がいれば……と、よからぬ展開を想定して夏希にも伝えた。

「だけど、日本人がそんなことするかな？　普通に犯罪だよ？」

「おい、ここは異世界だぞ。そうじゃなくても遭難してるようなもんだ。誰も捕まえてくれないし、助けも呼べないだろ」

考えすぎかもしれないが、何かが起こってからでは遅い。ここには警官なんかいないし、あんな大人数、オレにはどうにもできない。結局それから1時間、男たちの動きを見ながら森に隠れていた。

その甲斐あってか、集団の様子にも変化が――。最初は男6人だけだったが、森の中から枯れ枝を抱えた女の人たちが現れる。その数は4人。こちらも全員大人ばかりだったが、妙なことをされている感じはない。男たちとも割と普通に話しているように見えた。

「よし、あの様子なら平気だろう。たぶん……」

オレは小声で夏希に話しかける。

「ちょっと、自分から脅しといてソレかい！」

「仕方ないだろ！　おまえのことが心配なんだよ！」

「………」

気が動転していたのか、思わずそんなことを口走ってしまう。夏希の顔を見られないまま誤魔化すように言葉をつむぐ。

「とにかく合流しよう。ただ、オレたちの関係とか、異世界の話はナシだ。余計なことを話すのは控えよう」

「……うん、わかったよ」

これは待機中にも話し合ったことだ。どう考えても、彼らと一緒にいたほうが生存率は高い。とにかく目立たないように、逆らわないようにと決めていた。

結局のところ、彼らの集団に紛れ込むことはできた。

互いの置かれた状況を話したあと、言われるがままに従って野営の準備を開始。無下に扱われることもなく、何事もないまま初日の夜を過ごす。

いったいここがどこなのか、どうしてこうなったのか。なんの情報もないまま数日が経った——。

森での共同生活が始まって8日

ここ一週間の間に、集団の数は20人に増えていた。男が13人に女が7人、オレたち以外は全員大人ばかりなのが少し気になる。

幸運なことに、集団の輪を乱すようなやつはいなかった。というより、ほとんどの人は覇気がなく、常にゴブリンの存在に怯えていた。

そんななかで頭角を現したのは片桐というおっさんだった。物言いはキツい感じだけど、大人の中では一番冷静で、いつの間にか集団のリーダーとなっている。周囲の探索や狩りも、片桐を中心に始めていた。

このあたりにはゴブリンのほかに、牙の生えた兎やら大きな猪もいるようだ。遭遇率は低いようだが、こっちを見つけると必ず襲ってくるらしい。まあ、オレは拠点から出ていないので直接見たわけじゃないけど……。

「冬也、そろそろ行こっか」

「ああ、そうだな……」

オレと夏希は薪拾いが担当だ。午前中は拠点の見張り番、午後からは薪拾いの毎日だった。必要なことだとわかっていても、正直ウンザリしている。

せっかくの異世界だというのに、魔法だとかスキルだとか、ステータスなんかが現れることもなかった。

「ここは絶対に異世界だと思うんだけどなぁ……」

「まあ、異世界サバイバルも悪くないんじゃない？　それに冬也、力も強くなったんでしょ？」

「まあそうなんだけどさ。あれ以来ゴブリンも出ないし、試しようがないんだよな」

初日にゴブリンを倒して以降、自分の身体能力が上がっているのを感じた。ほかの大人たちも、魔物を倒したあとは同じようなことを言ってたし、レベルアップ的なものがあるのは間違いないと思う。

ゲーム感覚のつもりはないけど、死なないためにも、もっと強くなっておきたい。今は夏希お手製の槍もあるし、死体がモヤになって消えるというのも後押ししている。

そんなことを思いつつ、今日もせっせと薪集め。２人で警戒しながら枝を拾っていった。

「ところで夏希、おまえって工作が得意だっけ？　コレもやたら上手に削ってたよな」

言いながら木の槍を掲げて見せる。

「いや全然？　自分でもわかんないけど……なんでか簡単に削れちゃうんだよね」

「そうか。もしかするとスキルとか、転移特典みたいなのがあるのかもな」

ゴブリンが持っていた小型のナイフ。刃もボロボロで錆びているのに、夏希はいとも簡単に削っていた。拠点にある木皿やコップなんかも、すべて彼女の手作りだ。

「ねえねえ。そんなことより昨日の話だけどさ。冬也はどう思う？」

「ああ、森の中に日本の家があったってやつか」

「それもだし、変な膜みたいなのも気になるよね」

昨日、片桐たちが上流のほうへ行ったとき、川沿いに水色の膜みたいなものを発見。それは西のほうに続いていて、少し先には日本風の家屋が建っていたらしい。

しかも日本人が3人いて、畑を作って生活していたんだと。今日は接触を試みるために、昼から6人で出かけていった。

「直接見てないからわからんけど、ここが異世界だとしたら異常だよな。それこそ何かのチートスキルでも持ってるんじゃないか？」

オレたちも含め、ここにいる集団は全員手ぶらの状態で転移している。転移した瞬間に持っていたものは別だが、大した道具すら所持していなかった。

それが家だけでなく、畑まで一緒に転移してくるとか……どう考えても普通じゃない。オレたち以前に転移したとしても、日本風の家があること自体おかしな話だった。

「その人たち、わたしたちも受け入れてくれるかな？」

「だといいけど……。今は片桐たちが帰ってくるのを待つしかない」

「まあとにかく、わたしは冬也と一緒だからね。ちゃんと守ってよ？」

「ああ、わかってる」

それからも2時間ほど薪を集め、拠点に戻る頃には片桐たちも帰っていた。だが彼らの表情は思わしくない。というより、あからさまにイラついた態度で騒ぎ立てていた。

どうやら交渉は失敗に終わり、受け入れてもらうことはできなかったらしい。オレたちが戻ったときには、家を強奪する計画を立てている始末だった。

「片桐さん、でもどうするよ？　襲うにしても、変な膜のせいで入ることすらできないだろ？」

「それなら問題ない。あの馬鹿、自分で言ってただろ？　大勢で叩けば壊れるってな」

「あー、そう言えばたしかに……。ここにいる全員でやればイケるか？」

「それでもダメなら、地面を掘って中に入ればいい」

細かい内容はよくわからないが、家の周りにはバリアみたいな膜が存在しているようだ。それに拒まれて中には入れないらしい。

（やっぱその人、特殊な能力を持ってるな。どう考えても逆らったらダメなパターンだろ……）

片桐は地面を掘るとか言ってるけど、たぶんそんなことをしても無駄だ。わざわざ『弱点をさらすわけがないし、大勢で叩けば壊せるなんてのも胡散臭い話だ。

だがここでオレが進言しても、大人たちは誰も耳を貸さないだろう。かと言って、別行動をとるわけにもいかない。今はこのまま静観するのが一番だと考えた。

「こりゃダメだね。完全に死亡フラグが立っちゃってるよ……」

夏希も同意見だったらしく、隣でボソリと耳打ちしながら呆れ顔をしていた。

その後も話は進んで、明日の朝一番で奇襲をかけることに決まる。

当然、反対意見もあったけど……最終的には、大半の者が片桐の説得に応じていた。ちなみにオレと夏希は意見すら聞かれず、最後まで蚊帳の外だった。

翌日——、夜明けとともに全員で出発。各々が武器を持ち、川沿いを上流へと向かった。

オレと夏希はコッソリと話し合い、絶対に抵抗しないことを決めている。相手の素性はわからないが、逆らうべき存在でないことは明らかだ。

もし受け入れてもらえれば、夏希とオレの生存率は格段に上がる。しかも特殊能力持ちとくればなおさら。この世界に来て初めての転機、このチャンスを逃す手はない。

拠点から歩くこと40分、目的地は意外と近い場所にあった。遠くに見える膜は薄い水色で、目を凝らさないと見分けがつかない感じだ。規則正しく角ばっていて、自然現象のたぐいには見えない。

「おまえら、準備はいいな。膜が壊れ次第、すぐに3人を拘束だ。思い切りやれ」

森の中を移動して、いよいよ家が見えてきたところで片桐の号令がかかる。全員が横並びになって一斉に攻撃を始めた。オレと夏希は一番端っこに陣取って、槍を突くフリをしながら膜に触れてみる。

「すげぇなコレ……ほんとに入れないぞ」

「うん、なんか結界みたいだね」

ほかのみんなは必死になっているので、オレたちのことなど気にもしていない。このままでは無駄に終わるだろうなと、膜に触れながらいろいろ試していたとき――。

一瞬の浮遊感とともに痛みを感じる。どうやったのかはわからないが、オレたち全員が穴に落とされていた。

穴には腰のあたりまで水が張ってあり、その深さも相まって、とてもじゃないがよじ登ることはできない。

「夏希、大丈夫か」

「うん平気。水があったおかげで痛みもないよ」

ほかの連中は攻撃の真っ最中に転落。バランスを崩したせいで、体中を打ち付けて悲鳴を上げている。一方、オレと夏希はきれいに落とされたおかげかそれほどでもなかった。

と、そんなとき、穴の上から3人の日本人が――1人は30代のおっさん、残りの2人は20代の女の人だ。3人とも無表情のままオレたちを覗いている。

(あれ……。なんかこの人、死んだ父さんに似てるような……)

こんな状況にもかかわらず、最初に思ったのは恐怖でも警戒でもなかった。なぜそんなことを考えたのかはわからない。でもオレは、こっちを見下ろしているおっさんの目に釘付けだった。


そこからは相手のなすがまま――。首謀者の片桐はあっという間に処断され、最終的に助かったのは5人だけだった。

ちなみに今は、川で体を洗ってくるように指示されたところ。オレと夏希はほかの3人と離れた場所で服を洗っていた。

「ねえ冬也。さっきのアレ、なんだったと思う？　あの人は忠誠度を見るって言ってたけど……それだけじゃないと思うんだよね」

「ああ、ほかにも映ってたのは間違いないだろうな」

ついさっき、自宅に招かれてパソコンの前に立たされた。オレたちには見せないようにしてたし、椿さんたちはメモを取っていた。

だけど、忠誠度だけをメモるにしては時間がかかりすぎだ。何かほかの項目も映し出されていたと考えるのが妥当だろう。

「異世界に来て確認するっていえば……まあ、ステータスだよね？」

「オレもそう思う。たぶん、完全には信用されてないんだろうな」

「忠誠度の数値が低かったたってこと？」

「自動追放されることを考えれば、おいそれと教えるべきじゃない。オレたちが敵になるかもしれんし」

「そっか、ずいぶん徹底してるんだね」

たぶんあの人、異世界系の知識が相当あるんだと思う。

異世界に来て10日足らずで、ここまで能力を使いこなすなんてありえない。それこそ女神とかのお告げでもあれば別だが――。

「んで、夏希はどうなんだ？」

「どうって、ここでお世話になることだよね」

「ああ、オレはそうすべきだと思ってるけど、夏希の考えを聞きたいんだ」

結界付きの家、食料や水の確保、男女比のバランス、なにより村長の持つ特別な能力。それと正直、あの割り切った考え方もオレの好みだった。

「もちろんわたしも賛成だよ！　椿さんと桜さんは良い人そうだし、村長も普通のおじさんみたいだしさ！」

「そうか、じゃあ決まりだ！」


こうしてオレたちは、村人として暮らす決意を固める。

翌日には自分たちの職業とスキルを知り、やがて新たな仲間や現地人との交流を深めていく。

そしていつか――っと、これはもう少し先の話か。

兎にも角にも、オレと夏希の異世界ファンタジーは幕を開けた。

あとがき

皆さまはじめまして、作者の七城と申します。

このたびは本作『異世界村長』をお手に取っていただき、まことにありがとうございます。

自分が書いた物語が本になる喜び、念願が叶い、とてもうれしく思っています。

この作品を読んでくださった皆様。

素敵なキャラクターを描いてくださったしあびす様。刊行に携わってくださった関係者の方々。心より感謝申し上げます。


さて、おっさん主人公による村長生活、いかがでしたでしょうか。

最初は自宅しかなかった村も、巻が終わる頃にはソコソコ賑やかになって参りました。いずれは啓介も村を出て、街へと繰りだす日が――来てくれることを祈ります。

ところでわたくし、この巻を執筆中、常々考えていたことがあります。それは――

「おいおっさん、迂闊に外へ出てくれるなよ」「いくら強くなろうとも、頭に矢でも射られたら一瞬でアウトだぞ」ってことです。

それこそ街へ行こうものなら、初期イベントも起こらないうちにやられちゃうだろ。と、そんなことばかりを心配していました。

まあ、彼がどう動くかはわかりませんけどね……。できれば慎重に、村のみんなと異世界ライフを楽しんでほしいものです。

――と、そんなこんなで次巻、が出るかはわかりませんが（笑）。ナナシ村のさらなる発展。異世界ファンタジー定番のアレ。この世界における真の主人公登場。などなどございますので、続きもぜひお楽しみいただけるとうれしいです！

それでは、またお会いできることを心待ちにしております。

七城（nana_shiro）

逆行した悪役令嬢は、なぜか魔力を失ったので深窓の令嬢になります
「フロースコミック」からコミックスも好評発売中!
1～6
著†蒼伊
イラスト†RAHWIA
魔力がなくても精霊と一緒に未来を変えます!
魔力の高さから王太子の婚約者となるも、聖女の出現により
その座を奪われることを恐れたラシェル。
聖女に悪逆非道な行いをしたことで婚約破棄されて修道院送りとなり、
修道院へ向かう道中で賊に襲われてしまう。
死んだと思ったラシェルが目覚めると、なぜか３年前に戻っていた。
ほとんどの魔力を失い、ベッドから起き上がれないほどの
病弱な体になってしまったラシェル。悪役令嬢回避のため、
これ幸いと今度はこちらから婚約破棄しようとするが、
なぜか王太子が拒否⁉　ラシェルの運命は――。
悪役令嬢が精霊と共に未来を変える、異世界ハッピーファンタジー。
1巻：定価1,320円（本体1,200円＋税10%） ISBN978-4-8156-0572-8
2巻：定価1,320円（本体1,200円＋税10%） ISBN978-4-8156-0595-7
3巻：定価1,430円（本体1,300円＋税10%） ISBN978-4-8156-1044-9
4巻：定価1,430円（本体1,300円＋税10%） ISBN978-4-8156-1514-7
5巻：定価1,430円（本体1,300円＋税10%） ISBN978-4-8156-1821-6
6巻：定価1,430円（本体1,300円＋税10%） ISBN978-4-8156-2259-6

ツギクルブックス

愛読者アンケートに回答してカバーイラストをダウンロード！


愛読者アンケートや本書に関するご意見、●七城先生、しあびす先生へのファンレターは、下記のURLまたは右のQRコードよりアクセスしてください。

アンケートにご回答いただくとカバーイラストの画像データがダウンロードできますので、壁紙などでご使用ください。

https://books.tugikuru.jp/q/202307/isekaisoncho.html

本書は、「小説家になろう」（https://syosetu.com/）に掲載された作品を加筆・改稿のうえ書籍化したものです。

異世界村長《いせかいそんちょう》

2023年7月25日　初版第1刷発行

著者　七城《ななしろ》

発行人　宇草 亮
発行所　ツギクル株式会社
〒106-0032　東京都港区六本木2-4-5
TEL 03-5549-1184
発売元　SBクリエイティブ株式会社
〒106-0032　東京都港区六本木2-4-5
TEL 03-5549-1201

イラスト　しあびす
装丁　株式会社エストール

印刷・製本　中央精版印刷株式会社

ISBN978-4-8156-2225-1
Printed in Japan